TAKE
SHOBO

軍神王の秘《ひめ》巫《み》女《こ》
【超】絶倫な王の夜伽は激しすぎます!

月乃ひかり

Illustration
石田恵美

MOON DROPS

軍神王の秘巫女
【超】絶倫な王の夜伽は激しすぎます!

Contents

プロローグ　神の娘の降臨 …… 6
第1章　見習い巫女 …… 10
第2章　秘巫女の誕生 …… 46
第3章　王の証 …… 65
第4章　本当の夜伽 …… 93
第5章　王の贈り物と王女 …… 135
第6章　新たな務め～夜のお妃教育 …… 167
第7章　見えない真実と嫉妬 …… 213
第8章　引き継ぎの儀と初夜の儀の謀 …… 239
第9章　伝説の真相 …… 284
第10章　千年の誓い …… 300
エピローグ　儚い恋は恋花燈にのせて …… 308

あとがき …… 316

イラスト／石田惠美

軍神王の秘巫女《ひめみこ》

（超）絶倫な王の夜伽は激しすぎます！

MOON DROPS

プロローグ　神の娘の降臨

今から、はるか昔――。

神に愛でられし国、ラインフェルド王国。

初代ヴィンフリート王は、天より地上に降りたち、この国を創造したと言われている。

王が国の中心に居城を築くと、その庭に甘露の泉が湧きあがり、流れ出た水は国土を潤した。

こぽこぽと清澄な音を立てて溢《あふ》れる水を、満々と湛《たた》える泉のほとりには、一輪の花が蕾《つぼみ》をつけた。宵《よい》の明星が煌《きら》めいた時、不思議なことにその蕾はゆるやかに頭をもたげ、夜露に濡《ぬ》れて花開いた。

僅《わず》かな月明かりが照らす中、その花の無垢《むく》な美しさに魅了されたヴィンフリート王は、欲望を抑えられずに手折《たお》ってしまう。すると手折られた花はみるみるうちに人の姿になり、美しい乙女となった。

王は喜び、泉のほとりでその乙女と契りを結ぶ。乙女は王の寵愛《ちょうあい》を一身に受け王妃となった。

その後、二人は長きにわたり国を繁栄に導いたという。

王妃の死後、嘆き悲しんだ王は神殿を造り、女神として王妃を祀《まつ》った。そして永久《とこしえ》の愛を誓ったのだった。


――そうして時は流れ、千年ののち。

第百九代の国王は重い病の床に臥《ふ》していた。

王が病の床に就くのと時を同じくして、神に愛でられているというこの国も、近隣諸国による戦火の兆しがあちこちで吹きあがっていた。

世継ぎの王子はようやく御年七歳を迎えたばかり。

この国の行く先を憂《うれ》えた大神官のバルタザールは、その夜もいつもどおり大神殿で神に祈りを捧《ささ》げていた。

――神々に愛でられし、我が王国が平穏であるように。

――神の子孫にして、世継ぎである稚《いとけな》き王子が無事に成人し、偉大なる王となられるように。

深夜まで祈りを捧げると、バルタザールは朝の祈りを捧げる刻《こく》まで、いつものように短い眠りに就いた。

しかし、その日の夜は、何かが違っていた。

明けの明星がひときわ輝いたとき、流れ星がひとつ、神殿に向かって落ちてきた。

同じ時、眠りの浅いバルタザールの夢の中に、まるで泉の水が流れる音に似た清廉で神秘的な声が響く。


『バルタザールよ、大神官よ……、よく聞くがいい』

その声を聴いたとたん、バルタザールは金縛りにあったように身体が固まって動けなくなり、神々しい光に包まれた。その光の中心には、なにか崇高なるものの気配がした。

バルタザールは、それがこの国の神だと直感する。

『大神官よ……、平和を願うそなたの思いは我が心にしかと届いた。だが、その願いもむなしく、このの新しい王が誕生するまでの数年間、この国は戦禍に塗《まみ》れるであろう』

神の言葉にバルタザールは、幼き世継ぎの王子を思い身が引き裂かれそうになる。

『だが案ずるでない。我が娘をそなたに託そう。神殿で人の子として育てるがよい。時が満ちれば、我が娘は巫《み》女《こ》となり、次代の王とこの国を繁栄に導くであろう……』


バルタザールは、ぱっと目が覚めた。

時刻はまだ日の出前。窓の外には、紫がかった薄闇が広がっている。

「今のは夢であろうか、いや、夢などではない。神のお告げは、かくやあらん」

胸の動悸《どうき》が収まらぬまま、震える足を動かし寝台を降りる。履物をはくのも忘れ、急いで聖堂にある神の像のところに向かった。

するとかすかな赤ん坊の泣き声が、耳に入る。

「ま、まさか……」

神の像の足元には、薄布に包まれた赤子が弱々しく啼《な》き声をあげていた。

その赤子はバルタザールをみると、ぴたりと泣き止みにっこりと微笑んだ。

大きな瞳は、神殿にある泉を映したように透き通った青紫色《アメジスト》だった。

まるで初代王を魅了したという伝説の乙女の瞳と同じ色。

「なんと清らかな――」

大神官は神の像の足元に跪《ひざまず》くと、その赤子を震える手で抱きあげた。

「先ほどのお告げは真《まこと》であった。神の娘が遣わされた」

無邪気に笑う赤ん坊に祝福の詔《みことのり》を唱えてから、神の像に向かって恭《うやうや》しく掲げ上げた。

「おお、神よ、ありがとうございます。すべては、御心のままに――」

その赤ん坊は、伝説の乙女と同じくフェリーチェと名付けられ、表向きは〝大神官の拾われっこ〟として、神殿で育てられることとなる。

第1章　見習い巫女《みこ》

朝の穏やかな陽光が、寝台でぐっすり眠るフェリーチェに降り注ぐ。

神殿の一角にあるこの小さな部屋は東に面しており、窓辺には早春の温かな日差しを求めて小鳥たちが集まってくる。

「ピチチチチ……」

「キョキョキョキョキョ」

「ピー、キョロロロ……」

フェリーチェの部屋の小さな窓辺にやってきた小鳥たちは、鳴き声を競うように大合唱を始めている。

「ん、もう、うるさーい！　ちょっとっ！　寝られないじゃないの！」

フェリーチェは、心地よい眠りを邪魔され声を上げたが、小鳥たちの囀《さえず》りは収まるどころか、ますます賑《にぎ》やかになる。

「もう、やめて！」

鳥たちの声から逃れるように、頭からばさりと掛け布をかけた。ふたたび微睡《まどろ》もうとしたとき、神殿の鐘が響き渡る。

「わっ？　今、何時っ⁉」

がばっと起き上がったフェリーチェが、窓から神殿の時計塔を見るとすでに朝の八の刻《こく》。

「まずいっ！　遅刻だわ！　しかも今日は特別授業の日っ！」

慌てて飛び起きると、壁に掛けてあった見習い神官が着る白い衣《ブリオー》を頭からかぶり、胸の大きさのわりに華奢《きゃしゃ》なウエストを革の腰ひもできゅっと結ぶ。

急いで洗面を済ませ、神殿の中にある学舎に駆け足で向かった。


――フェリーチェは、物心ついたときから神殿にいた。

父と母は、誰だか分からない。神殿の聖堂の中に捨てられていたのだという。赤子だったフェリーチェは、か細い声で泣いていたところを朝の祈りを捧げにきた大神官に見つけられたのだ。

これが他の神官であったなら、きっとそのまま孤児院に入れられてしまっただろうから、大神官に見つけられたのは運が良かったのだろう。

フェリーチェは大神官の『拾われっ子』として、神官見習いとなるべく神殿で育てられた。

由緒ある神殿で、親のいない神官見習いはフェリーチェだけだった。

だからといって自分を捨てた親には、恨みはなかった。それどころか神殿に捨ててくれたのは、少しでも愛情があったからなのではないか、そう思うようになった。

そのおかげで、こうして住むところも食べるものも与えられ、神官たちに囲まれながら、一定の教育を受けて育つことができたのだから。

父母にもきっと事情があったのだろう。

それにフェリーチェは、自分を孤児院にやらず神殿で育ててくれた大神官にもとても感謝していた。

――つい、この前までは。

フェリーチェを拾ってくれたこの国の大神官であるバルタザールは、『王の耳』とも呼ばれ、若き王の相談相手として信頼が厚い。

三月《みつき》ほど前、十七歳の誕生日を迎えたある日――正式には大神官に拾われた日なのだが、フェリーチェはバルタザールに珍しく呼び出された。

「フェリーチェ、また何かやらかしたの?」

「そういえばこの間、聖堂の掃除のときに、聖杯を割ったわよね。これで何度目かしら?」

同じ神官見習いの仲間は、フェリーチェに笑いながらも憐《あわ》れみの目を向けた。

「でも、あれはよくある聖杯だからって、女神官《にょしんかん》さまが大目に見てくれたし……」

いったい、なんのお叱りを受けるのだろう。フェリーチェの心の中に不安が募る。

まさか神殿から出されてしまうのだろうか。

十七歳といえば、この国では成人として扱われる。もしや神官見習いとしての素質がないと見なされ、神殿を出されて市井《しせい》で暮らすように言い渡されるのだろうか。

重い足取りで長い回廊を進む。大神官の執務室の前に来ると、覚悟を決めてすっと息を吸い、重厚な扉を叩《たた》いた。

「お呼びにより、参上しました」

「入れ」

まるで図書室のように壁一面に本がずらりと並ぶ広い部屋の奥には、大きな机がある。その机に向かって何やら羽ペンですらすらと書き物をしているバルタザールの姿は、昔と変わらない。それでもフェリーチェが幼い頃、輝く金色だった髪は真っ白で、当時はなかった長い顎髭《あごひげ》が大神官としての威厳を醸《かも》し出していた。

フェリーチェは、扉の前でその顔色を窺《うかが》った。

「なにをしおらしくしておる。ほら、お前の好きなクルミ入りの焼菓子があるぞ」

今はすらりと手足も長く娘らしい体つきになったフェリーチェだが、幼い頃は周りと比べて体も小さく、とても痩せていた。大神官は自分が拾った手前、フェリーチェの成長を心配してくれたのか、時折、こっそりこの部屋に呼んで大好物のクルミ入り焼菓子をおやつにくれたのだ。

「もっと近くに来て、顔を見せなさい」

大神官はフェリーチェに向かって顔をほころばせたが、フェリーチェはなんだか嫌な予感がした。

「フェリーチェ、お前に伝えたいことがある。本日からお前を秘巫女《ひめみこ》見習いとする」

「ええっ⁉　私が秘巫女見習いですか？　そんなの無理です……、荷が重すぎます」

フェリーチェは消え入りそうな声で言った。

「何を言う。重すぎる荷を神は与えたりはせぬぞ。どんな荷でもひたむきさがあれば背負えるものじゃ。それに若き王の秘巫女見習いに選ばれることは、この国の民にとって、とても栄誉なことなんじゃよ」

大神官であるバルタザールは、諭すようにフェリーチェに言った。

「う……でも……」

「でもはなしじゃ。明日から学舎にて秘巫女見習いたちへの授業が始まる。女神官のカティヤ先生には、わしから話しておく。一生懸命学びなさい」

大神官の命《めい》は王に次いで絶対だ。フェリーチェはがくりとうなだれた。

「はい……、すべては御心のままに。大神官様」

——喜んでいいのか、残念がっていいのか分からなかった。

なにしろフェリーチェには、自分が数いる秘巫女見習いの中から、唯一の秘巫女に選ばれる可能性は、皆無だと分かっていたからだ。

このラインフェルド王国では、王が即位してから王妃を娶《めと》るまでの間、秘巫女に選ばれたものが、若き王の伽《とぎ》を務める習わしがある。

秘巫女は、神殿にある『王の寝殿』という聖殿にて、毎夜、若き王を迎えその精を受けることが役目となる。

神とあがめられる王の身体から迸《ほとばし》る精は、神聖なる王の印として崇られ、王の精を下賤《げせん》なものに与えると国が亡びるとの伝承もあるのだ。

それは、この国の初代王が王妃を溺愛し、一切の側妃を娶らなかったという伝説から生まれたものかもしれない。その伝説のせいなのか、この国の王は側妃を娶らないのが通例だ。

王にとっても、自身の精を秘巫女の身に与えること、それが古《いにしえ》より伝わる王の義務でもあった。

ただの義務というだけではない。無用な王位継承の争いを避けることにもなる。王妃を迎える前に、万が一にも王妃以外から御子《みこ》ができないようにするため、何百年も受け継がれてきたことだ。

もちろん秘巫女には、神殿の秘薬が与えられる。秘薬を飲んでいる間は、身籠《みご》って務めが果たせなくなる心配もない。その間、血の穢《けが》れもこなくなる。

王の秘巫女となるものは、その身も心も王に尽くすように仕上げられるのだ。

「はぁ～、王様って、どんな方なのかしら」

フェリーチェたち神官見習いは、近くで王を拝顔する機会はほとんどなかった。巷《ちまた》では、若き王は、まるで黄泉の国から現れたような漆黒の髪に、燃え立つ炎のような金色の双眸《そうぼう》をもった『黒炎《こくえん》の王』とも言われている。

建国以来、平和だったこの国も、現在のヴィンフリート王の父が病に倒れた頃から、他国との小競り合いが増えた。

やがてそれは国同士を巻き込む大きな争いとなった。

国王が病床にあるせいで兵たちの士気もさがる。

すっかり厳しくなった戦局を変えたのは、当時十二歳になったばかりの王子だった。父王に代わって兵を率いた王子は、初陣で見事に勝利を収め、この国を危機から救ったのだ。

それ以来、年若い王子はこの豊かな国をあわよくば侵略しようという他国との戦に自ら出陣し、少年とは思えない大胆不敵な戦略を用いて、次々と勝利を収めてきたのだった。

やがて王子が逞《たくま》しく成長すると、敵の兵士らに軍神の生まれ変わりとして恐れられ、その名は近隣諸国にも轟《とどろ》いていた。もちろん戦ばかりではなかった。寝たきりの父王に代わり、王子が政務を行い、善政をしいた。

――それから十数年。

父王が数ヵ月前に、ついに身罷《みまか》られた。その喪明けとなる三月《みつき》後に、初代王と同じ名前を戴くヴィンフリート王が正式に即位する。

その即位の儀に合わせて、若き王の秘巫女が選ばれるのだ。

フェリーチェたちが暮らす神殿にはいくつかの学舎がある。神への賛美の儀式のために楽師を目指すもの、祭祀《さいし》を司る神官を目指すもの、それぞれの学舎に分かれて学ぶのだ。

フェリーチェはこれまで神官を目指し、祭祀にかかわる授業を受けていた。来月には神官になる試験も控えていたのだが、大神官からの命により、王の秘巫女となるべく聖堂の奥にある特別な学舎で学ぶこととなった。

今日は秘巫女として、特に大切な授業のある日。

フェリーチェは静まり返った聖堂を通り抜け、まっすぐに伸びる長い廊下をぱたぱたとサンダルの音を響かせて学舎に急ぐ。

授業を受ける部屋に近づくと、すでに女神官のカティヤ先生が教壇に立っていた。

（まずい、ぎりぎり間に合わなかった……？　いいえ、こっそり忍び込めば大丈夫！）

部屋の後ろの入り口の引き戸をそろそろと開け、息を殺して身をかがめる。女神官に見つからないよう、そうっと一番後ろにある席に近づいた。

「フェリーチェ！　またあなたなの？」

呆《あき》れた様子の女神官の声が響くと、部屋中の視線が一斉にフェリーチェに集まった。

「あっ、先生、すみません。昨日の夜が遅くて……」

見つかったフェリーチェは、素直にしょぼんと頭《こうべ》を垂れる。

「どうして大神官様は、あんな子を王の秘巫女見習いにしたのかしら。落ちこぼれのフェリーチェ」

追い打ちをかけるように同じ秘巫女見習いのミュリエルが意地悪く言うと、くすくすという笑いがさざ波のように広がった。

それについては、ぜひともフェリーチェの方が聞きたいところだ。フェリーチェだって寝坊したくてしたわけではない。夜は神殿にある乳児院で、フェリーチェのような孤児たちの寝かしつけの手伝いをしているのだ。

でも彼女たちに理由を言ったとしても、さらに呆れられるだけだ。この候補生の中で、貴族でないのは、唯一フェリーチェだけだった。

即位の儀を迎える王のため、フェリーチェの他に何人もの秘巫女見習いが選ばれた。彼女らは、皆、身分高い貴族の令嬢だ。秘巫女に選ばれることは、臣下として最高の栄誉を賜ることになるからだ。

王が正妃を迎え、秘巫女としての務めを全うした後は、王の精を受けたことにより、王妃に次ぐ尊い存在として崇められることとなる。無事に務めを果たせば、多額の金貨など数多くの褒賞と名誉の両方を得ることができる。

なぜなら、秘巫女に課せられた務めは、王への伽だけではないからだ。真の務めは別にある。

いつの世も、刺客《しかく》が一番命を狙いやすいのは、——王の寝所。

王が最も無防備となる伽の最中に刺客に襲われれば、王の身を守れるのは秘巫女しかいない。秘巫女はその身を挺《てい》し、命に代えても王を守るという使命がある。

ゆえに、王に忠誠を誓った臣下であり、由緒ある貴族の娘、ちょうど先ほどフェリーチェに皮肉を言ったミュリエルのような大貴族の令嬢が選ばれるのが常であった。

そんな栄誉ある秘巫女見習いの中に、貴族でもなく後ろ盾となる後見人もいない、捨て子のフェリーチェが選ばれたことに誰もが首をかしげていた。

とはいえ、フェリーチェは神官見習いの中でも、楚々《そそ》とした美しさが目を引いていた。王宮でもてはやされている華やかな金の髪とは異なるけれど、夜空に浮かぶ月を思わせるようなしっとりした銀の髪、なめらかな白い肌、なんといっても、神殿にある泉の滴を落としたように透きとおった青紫《アメジスト》の瞳が印象的だった。

フェリーチェ自身は気づいてはいないが、その容姿は見る人を惹《ひ》きつけた。それゆえ、大神官に目をつけられて選ばれたのだという者もいた。

当然、他の秘巫女見習いからは目の敵《かたき》にされるようになった。

いつしかミュリエルやその取り巻きたちに、『落ちこぼれのフェリーチェ』と言われ、何かにつけ、笑いの種にされるようになったのだ。

「フェリーチェ、明日からは気をつけなさい。今日はいいわ、早く座って。授業を始めます」

フェリーチェが夜に乳児院を手伝っていることを知っているカティヤ先生は、それ以上、咎めだてしなかった。

ミュリエルをちらりと見ると、彼女と彼女の取り巻きたちは一番前の席を陣取り、ふふんと鼻を鳴らしてから鷹揚《おうよう》に視線を戻した。

ようやく席に着いたフェリーチェは、やれやれと溜《た》め息をついた。

＊…＊…＊

「さぁ、今日はいよいよ、実習を行いますよ。今までの座学の集大成です」

女神官のカティヤ先生が、正面にある長卓《テーブル》の上を覆っていた布をはらりととると、秘巫女見習いから黄色い歓声が上がった。

王妃に次いで尊い身分となる秘巫女は、それ相応の教養を身につけなければいけない。

そのために、これまで朝から晩まで様々な授業が行われてきた。

国の歴史に始まって、他国の情勢や護身術も習う。さらには医術の知識にはじまり、毒草や薬草の見分け方も学ぶこととなる。万が一刺客に襲われたときに王の手当てをするためだ。

その中でも一番の時間と労力をかけて習うのは、男性の身体のしくみ。

ただの生理学的なしくみではない。どうすれば、男性が快感を得られ満足できるか――。

つまり夜の性技を習うのだ。

今日はこれから、男性の張形《ディルド》を使って、その触れ方や口での愛撫《あいぶ》の仕方を実習することになっている。

長卓《テーブル》には、張形がずらりと並べられていた。

初めて殿方のシンボルのかたちを目の当たりにした彼女らは、くすくすというはにかんだ笑いを漏らしていた。

並べられた張形のサイズや形状は様々だ。

純金の箔《はく》の貼られたもの、宝石で装飾されているもの、鼈甲《べっこう》や黒水牛、象牙でできた張形など、大きさや太さ、質感など様々な張形が並んでいる。

秘巫女見習いたちは、教本でその形状は目にしていたものの、実際に立体となったものを前にすると、その大きさや卑猥《ひわい》さに、皆、色めき立つ。

「ほらほら、静かにして。ふざけてはいけません。これから、この張形を使って練習を行いますよ。皆さん、自分で気に入った張形を選んでくださいね。この先、秘巫女が選ばれる儀式までの間、今日選んだ張形を自分の部屋にも持ち帰って、触れ方や口での愛撫の仕方の復習をしてもらいます」

先生が言い終わるとすぐに、秘巫女見習いたちは、長卓の周りに群がるように集まった。

張形を手に取って、きゃぁきゃぁと騒ぎながら、気に入ったものを選んでいる。

ミュリエルとその取り巻きたちは、真っ先に長卓の周りに集まり、他の者には触らせずに自分たちの分をいち早く選んでしまった。

フェリーチェは、みんなが騒ぎながら選んでいるのを後ろの方で眺めていた。大神官は自分に目をかけ、秘巫女見習いに加えてくれたのだろうけれど、どう考えても、フェリーチェが選ばれる可能性はない。

秘巫女としての教育を受けた者は、貴族の男性との良縁を得ることが多い。還俗《げんぞく》すれば結婚も夢ではない。大神官は、フェリーチェが神官になれなかった場合、良縁の道が開けると思って、お情けをかけてくれたのだろう。

ようやく皆が、それぞれお気に入りの張形を選ぶと、ひとつだけ他のものよりも、小さなサイズの張形がぽつんと残っていた。

もしかしたら大きさが他のものより一回り以上も小さいので敬遠されたのだろうか。

見ると透明なガラスのような素材で、なんの装飾もない簡素な張形だったが、フェリーチェはすっと引き寄せられるように手に取った。

——すごく綺麗《きれい》な形。

男性の象徴をこんなふうに表現するのはおかしいのかもしれない。

それでも縦長の竿《さお》のような部分と、先端の丸みを帯びた部分のバランスがとても美しい造形だ。残り物とはいえ、なぜかその張形に心惹《ひ》かれてしまった。

この日のために用意された張形は、職人が男性神官らのものを見本にして作ったものだとまことしやかに囁《ささや》かれていた。本当だとすれば、この小さい張形は、少年の見習い神官のものを模《も》して作ったのだろうか。

若き王の男根は、とても雄々しいと噂《うわさ》されている。だから皆、他の張形よりも少しでも大きく、太いものを選んでいた。王にご奉仕するときに役立つようにだ。

フェリーチェが、ぽつんと残ったその張形を手に取ると、ミュリエルが鼻で笑った。

「まぁ、そんなに小さなもので、練習になるのかしら？」

すると取り巻きたちも意地悪く笑う。

「私には、これくらいの大きさがちょうどいいの」

フェリーチェは、この小ぶりな張形でも十分満足だった。


「皆さん、よろしいですか。では、そっと触れてください。いきなり口に含んではいけませんよ。王のご神根は、聖なるものなのですからね。崇《あが》める気持ちを込めて慎重に触れてください」

実習が始まると、皆、真剣な表情になって、そっと手で触れはじめた。フェリーチェも思い切って、そうっと指先を伸ばし、竿の部分をなぞりあげてみた。

男性にはこんなものがついているなんて、なんだか変な感じ……。

でも、この形状を見つめていると、なぜかどきどきと胸が高鳴る。

「男性は最初からこの張形のように力が漲《みなぎ》っているわけではありません。王に限らずとも、はじめは小さくてとても柔らかいのです。王のご神根が力を得てこのように漲るまで、根気強く口や手で擦って愛撫《あいぶ》するのですよ。いいですか？　この張形のように十分な力を蓄えるには、時間と忍耐力が必要です。王を昂《たかぶ》らせるためには、心をこめて愛撫しなければなりません」

カティヤ先生は、いたって真剣だ。

なるほど、こういう形になるのには、時間と労力が必要らしい。

いったいどれくらいの時間が必要なのだろう？　教本には、人それぞれだと書いてある。

うーん、半刻程度かしら？

なおさら、大きいと言われている王の男根は、勃ちあがるまでいったい何時間かかるのだろう。手や口が疲れてしまいそうだ。

そこまで考えて肩を竦《すく》めた。どちらにしろ、自分には縁のないことだ。

フェリーチェは、ミュリエルが秘巫女《ひめみこ》に選ばれるのではないかと思っていた。彼女は美人なだけでなく、その実家は大貴族だ。ひとり娘であるミュリエルは、自分が秘巫女に選ばれるはずだと、誰憚《はばか》ることなく豪語している。

彼女が真っ先に選んだのは、数ある張形の中でも一番大きく、たっぷりした存在感のあるもので、純金の箔が貼られている。

ミュリエルは、これは王自身のものを模して作ったものに違いないと喜んでいるが、なんだか形がいびつで怪しげだ。嵩《かさ》の部分が小さく、竿《さお》だけがふくれたキノコのように大きすぎる。

フェリーチェの目には巨大で豪華なだけで、あまり美しくないように見えた。それにあんなに太かったら、そもそも彼女の口に含めないいんじゃないかしら？

そうは思うものの、彼女はやるき満々だ。他の秘巫女見習いたちも皆、真剣そのものだ。とはいえ、秘巫女見習いは生娘と決まっている。

実際に自分の舌で竿の部分を舐《な》め、嵩の部分を口に含む練習をするときになると、このときばかりは、皆、恥ずかしそうに顔を赤らめた。

ふいに部屋が騒《ざわ》めいて顔を上げると、大神官らが実習を視察に来たところだった。

秘巫女見習いたちは、一斉に立ち上がって、恭《うやうや》しく大神官に礼をとる。

フェリーチェも慌てて立ち上がり、一番後ろの席から、大神官にちょこんと頭を下げた。

大神官は、秘巫女見習いたちがどんな張形を選んだのか、一つ一つ見て回っている。

ミュリエルを見た時、彼女は誇らしげに胸を張った。大神官も満足そうに頷《うなず》いている。

やっぱり、選ばれるのは彼女なんだろうか。

わざわざ私なんか、秘巫女見習いに加えなくてもよかったのに。今頃は神官の試験に受かっていたかもしれないのだ……。

恩義はあれども、大神官に対して恨めしい思いが湧き上がる。

大神官は、ようやく最後に一番後ろの席にいるフェリーチェのところまでやってきた。

フェリーチェの選んだ張形を横目でちらりとみると、無関心そうにそのまま通り過ぎてしまう。

「ほらね、やっぱり大神官様は、私のを見てご満足そうだったわ！」

ミュリエルの周りでは、彼女の取り巻きたちが一斉に色めき立った。フェリーチェは、期待してなかったとはいえ、大神官が自分には興味がなさそうにしていたのを見て気分が沈んだ。

こんな小ぶりの張形を選んだ私を見て、失望したのかしら。やる気がないと思われたのかもしれない。でも、これしか残っていなかったのだからしようがない。

フェリーチェは、そもそもそんなことで悩むのも馬鹿馬鹿しいと思った。大貴族のミュリエルに張り合ったところで、得るものは何もない。

「さぁさぁ、皆さん、実習の続きをはじめますよ！」

カティヤ先生が促すと、騒《ざわ》ついていた秘巫女見習いたちは、もとの席について触ったり舐めたりを再開した。

それまで、そっと指先で触れるだけだったフェリーチェも、思い切って、美しい流線形の先端をペロリと舐めてみた。透明なガラスかと思ったが、よく見ると水晶《クリスタル》でできている。ガラスよりもずっしりとした重さがあり、ひんやりして舌触りも滑らかだ。

するとフェリーチェの選んだ張形が、嵩の先端から生をうけたようにキラキラと光を放ち、螺旋《らせん》を描きながら、根元までゆっくりと光が流れ込んだ。

「……？　光の加減かしら？」

窓から降り注ぐ陽の光の悪戯《いたずら》だろうか。

さほど気に留めずに、嵩の部分を口に含むとすっぽりと入り、不思議なことに口内に馴《な》染《じ》む。

「うん、ちょうどいい」

この張形は小ぶりではあるが、フェリーチェの口の中にしっくり嵌《は》まるようだ。

秘巫女に選ばれることはおろか、持参金もない自分は貴族との結婚は望めない。

この神殿で下っ端の神官として一生を終えるのは分かっている。

それはこの先、死ぬまで純潔を守り、男を知らぬ身体のままということだ。だけど、ほんの少し、こんなふうにどきどきする瞬間があってもいい。

秘巫女に選ばれるはずなどない自分が、王を想像するなど恐れ多い。それでも物語に出てくるような素敵な殿方を思い描いて、この張形を愛撫しても許されるだろう。

フェリーチェは、先端にちゅっとキスをすると、またちゅぷっと口に咥《くわ》えこんだ。そしてちゅちゅぱと口の中に入れたり、出したりを繰り返す。

今度は、思い切って根元から舐め上げてみた。驚いたことによく見ると、このクリスタルの竿の部分にはうっすらと脈のような筋がついている。

やはり少年神官見習いのものを寸分の狂いもなく模したのだろうと確信して、ちょっと気恥ずかしくなった。

それでも、教本に書いてあるとおり、根元から亀頭に向かって走る脈に舌を這《は》わせてみる。舌先に脈の筋が当たって、なんともいえず気持ちがいい。

竿の部分を味わうように、今度はぺたりと舌を密着させて這わせてみる。

「うん、しっくりくる」

なぜかいやな気はせず、それどころか舐めるだけでうっとりとした気分になってしまう。

気づけば、夢中になって舐めていた。

なんども根元から亀頭に向かって、舌や唇を使って肉筒を存分に愛撫する。

――ふふ。たぶん、これだけ念入りに愛撫したらきっと本物も十分に勃ち上がるんじゃないかしら？

フェリーチェはそう思って、クスッと笑った。もちろん本物を愛撫する機会などないのは分かっているけれど。

最後の仕上げに、亀頭をぱくりと口に含み、頬をすぼめて吸ってみた。さっき先生に教わったように、口の中に含んで舌でぺろぺろと亀頭の裏筋を撫でてみる。

――びくん！

「ひぁっ！」

その時、水晶の張形が大きく脈動した気がして、ぱっと口を離した。

瞬間、張形が煌《きら》めき、亀頭の先端から真っ白い光が天井《うえ》に向かってびゅっと放出された気がした。

びっくりして目を丸くする。周りを見ると、一番後ろの席の自分を誰も気に留めていない。みんな自分の選んだ張形を愛撫するのに集中している。

もう一度目をぱちぱちとしばたいた後、目の前の張形を凝視する。

――なんだろう、でも気のせい？

それは、もとの無機質な水晶に戻っていた。

やっぱり見間違いだ。きっと陽の光のせいだわ。全く、なんて悪戯な光なのかしら。

フェリーチェは肩を竦《すく》めて、指先でペチンと亀頭の先端を弾《はじ》いた。


その頃、大神官は秘巫女見習い達が張形を使って実習しているところを視察すると、満足げな笑みを浮かべて本神殿へとその足を向けた。


やはり、あの者が選ばれた――。神のお告げは本物だった。

あの張形《かたど》は、神殿の秘宝のひとつである特別な水晶で造られている。さらに王の幼少期の男根を模って造られたものだ。

水晶の魔力で、あの張形は自ら秘巫女となるものを選ぶ。

秘巫女に相応《ふさわ》しくない候補者を自ら遠ざけ、相応《ふさわ》しいものしか寄せつけないのだ。

そう、すでに神聖なる秘巫女の篩《ふる》い分けは始まっている。

あとは、あの少女が見事、同期《シンクロ》させることができるかどうかが鍵となる。もし見事に同期できれば、きっとあの少女が秘巫女に選ばれるであろう。

神のお告げのとおりに。

「ふっ、ふっ、ふ」

大神官は、意味ありげな笑みを浮かべた。

――ようやく、時が満ちようとしている。

＊…＊…＊

「ヴィンフリート陛下。此度《こたび》、隣国ドーラント王国より、和平の申し入れがございました。如何《いか》ようにすべきか本日の会議では王のご判断を仰ぎたく……」

毎日、国境での戦況を報告させている軍事会議で宰相が伺いをたてると、ヴィンフリートは王の椅子に座りながら悠然と頷《うなず》いた。

「よかろう。まずは皆の意見を聞こう」

父王の喪明けとなる三月《みつき》後に、正式に王として即位するヴィンフリートは、今では勇猛果敢な戦いぶりから「軍神王」と呼ばれ、近隣諸国にその名を轟《とどろ》き渡らせている。

だが、ヴィンフリートが王子であった頃、争いを好まなかった父王を軽んじた近隣諸国が、国土をじわじわと侵略し始めた。

それでも温和で平和を愛する父王は戦いを許さなかった。そのため見る間に他国に領土を搾取され、国力も衰え国民は疲弊《ひへい》していった。

――なんとかしなければならない。

当時まだ幼かったヴィンフリートは、子供心にもそう思ってはいたが、まだ王子という身分しかない自分は、民のために何もできず、ただ無力さを募らせていた。

さらに不運なことに、父王の病が重くなり、いよいよ床に臥《ふ》したままになった。

このままでは、国の存続さえも危ぶまれる——。そう危惧した臣下らの切実な願いもあり、ヴィンフリートは齢《よわい》十二にして摂政王太子となった。

宰相らの助けもあって、父に代わって国内の政務をほぼ引き継ぐ。それでもなお、他国による侵略はとどまることを知らなかった。

国境を行き来する交易の船や荷馬車が、公然と略奪されることも日常茶飯事になっていた。

そこでヴィンフリートは賭けに出た。摂政王太子であるヴィンフリートを子供と侮っていた近隣諸国を出し抜くため、略奪を行おうとしている他国の軍勢を密かに待ち伏せした。敵がラインフェルド王国の商隊に攻撃を仕掛けてきたところを一斉に襲撃したのだ。

年若き王太子自らが先陣をきって襲い掛かる——という予期しない奇襲に、近隣諸国は混乱した。それを繰り返すうちに、ヴィンフリートは、もともと保有していた領土をほぼ奪還することができた。

さらに賠償金として多額の支払いを命じ、従わない国は容赦なく攻め入った。

ヴィンフリートの出陣する戦は神の加護があるのかと思うほど、負け知らずだった。それまでどんなに苦戦していても、ヴィンフリートが出陣すると必ず勝利する。ついには軍神の生まれ変わりと人々に噂《うわさ》が広まり、敵国の兵士たちは、戦場でまるで黒い獅子《しし》のようなオーラを放つヴィンフリートに恐れをなした。

この奇襲作戦が功を奏して、国内は以前の栄華を上回るほどの繁栄を取り戻した。

いまや初代王の再来かとも言われるヴィンフリートに、近隣諸国は休戦を申し出て次々と和平協定が結ばれた。

だが一つだけ例外の国があった。

ラインフェルド王国の西側に位置するドーラント王国だ。

若い王に代替わりすると、狡猾《こうかつ》な手を使いラインフェルド王国の交易船を襲撃し始めた。しかし一切の襲撃の前触れもなければ、証拠も残さぬものだから、抗議しようにもいかんともしがたかった。さらにはここ数年、国境の港を奪い合って小競り合いが続いている。

だが、この終わりの見えない小競り合いに決着をつけるため、ヴィンフリートは再び戦に出向き、港に近い敵の城の一つを占領した。

これで船が略奪されることも無くなるだろうと思っていたのだが。

ドーラント王国から突然和平の申し込みがあったのはちょうど三日前だ。

他の近隣諸国とは、すでに和平の協定が結ばれていた。だが、ドーラントの狡猾な王が自ら和平を申し出てくるとは驚きだった。

ヴィンフリートは、臣下らが早速、論議を戦わせるようすを、王座から眺めて状況を吟味していた。

「陛下に申し上げます。私は和平には反対です。あの国の王は、戦においてはのらりくらりと逃げ回り、わが国の交易船や行商の一行を盗賊や海賊と偽って略奪するという、卑劣な手を使っている。此度《こたび》の申し出も、何か裏があるに違いない。今や戦況は我が方に有利だ。この機会にいっきに攻め込むべきです」

ヴィンフリートが戦場で最も信頼している将軍が言うと、外務大臣が被せるように反論した。

「だが将軍、和平の交換条件としてかの国の港が手に入るのですぞ！　あの港が手に入れば対岸の国々とも交易ができる。それだけではない、その約束を必ず果たすために、自分の妹であるルドミラ王女を我がヴィンフリート王の妃として差し出すと申し出てきたのですぞ。大事な妹王女を差し出すとは、本気で和平を望んでいる証拠だ」

外務大臣の言葉に皆一様にざわついた。反対するもの、賛成するものと意見が真っ二つに割れ、折り合いがつかない。

ヴィンフリートは、臣下らの意見を慎重に思案していた。

ドーラントの王が大人しく負けを認め、和平を求めてくるような性格ではないことは、何度か戦をするうちにヴィンフリートも分かっていた。

此度の和平で、自分の妹を妃という名の人質に差し出すと言うことは、ヴィンフリートが占拠した城を取り戻したいのだろう。確かに港に近い重要な拠点であるのは明らかだ。

「ヴィンフリート陛下、どうかご裁決を」

宰相が恭しく首を垂れた。答えようと口を開けかけたとき。

――ぬるり。

ヴィンフリートの股間に何か小さくて生温いものが触れた。その直後。

「……うっ」

まるで閃光《せんこう》に打たれたような痺《しび》れが走る。

じんとした熱を伴って、肉棒の先端から根元に向かいゆっくりと螺旋《らせん》を描きながら降りていく。

――熱い。

すると次の瞬間、滑らかで柔らかいものに亀頭がすっぽりと覆われるような感覚に襲われた。

「ぐっ……」

たちまち重厚なテーブルの下に隠れているヴィンフリートの雄の塊《かたまり》が目覚めだす。

くそ、何が起きたんだ？　こんなことは初めてだ。

王の決断を仰ごうと、皆、ヴィンフリートを固唾《かたず》を呑《の》んで見守っている。

なのに得体のしれない、ぬるりとするものが、ヴィンフリートの雄を甘く刺激する。

「こ、此度の申し出は、たしかに我が国にとって、うっ……、魅力的なものだ……」

少し様子のおかしいヴィンフリートに宰相が訝《いぶか》りながら聞き返した。

「ドーラントの王女様のことですか……？」

ヴィンフリートは生まれて初めて、冷や汗が背中を伝った。

戸惑うヴィンフリートに追い打ちをかけるように、何かが執拗《しつよう》にありえない部分に触れてくる。

軍事会議の真っ最中だと言うのに、己の雄がだんだんと硬さを帯び欲情し始めている。

いったい自分は何に欲情しているのか。

だが、まだ冷静さを失ってはいなかった。こういう会議で発した言葉は、尾ひれがついて必ずドーラント王国にも伝わる。この中に敵国と繋《つな》がっている間者がいないとも限らない。自分の本音をここで明らかにするわけにはいかない。まずは誘いにのって油断させるという手もある。

「両方だ……。聞けば王女はたいそう美しいそうではないか」

「おお！　では婚姻による和平にございますな」

皆にどよめきが起こったが、ヴィンフリートも内心、別の意味でどよめいていた。

今度は、生温いものが巻き付くように触れてきたからだ。

ゆっくりとやわらかく雁首《かりくび》を刺激され、なんとも気持ちがいい。

自分でも太くなったとはっきり分かる昂《たか》ぶりが、さらに固さを増していく。どくどくと脈打って全身の神経がその甘い感覚に囚われてしまう。

ヴィンフリートは眉間に皺《しわ》を寄せた。額には汗がうっすらと滲《にじ》み出ている。

……これは、まずい。

ヴィンフリートは甘い感覚に流されまいと、眼光鋭く、周りの将軍や大臣らを睨《にら》みつけた。

それでも腰の疼《うず》きは大きくなるばかり。このままでは、臣下の前で失態を見せてしまいかねない。それに何が起こっているのか自分の目でも確かめたかった。

「……まだ決めたわけではない。一人でどうするか考えたい。ゆえに、皆、ここから今すぐ退出せよ。宰相も皆、すべてだ。誰一人ここに残ることは許さぬ」

雄の塊から生まれる甘美な疼きを我慢して、ともすれば愉悦のため息を吐きそうになるのを鋼《はがね》の意思で抑え込み、喉から絞り出た声は、掠《かす》れていた。

居並ぶ臣下たちは、王の表情が豹変《ひょうへん》したのを見て取ると、一瞬にして緊張が走った。さらに、怒りを抑え込んでいるような声色に、なにが王の機嫌を損ねたのかと恐れをなして、我先にと慌てふためいて部屋を出て行った。

しんと静まり返った軍事会議の間に、ヴィンフリートの悩ましげな息遣いが響いた。

「ふっ……」

一人になったのはいいが、相変わらず小さくてぬるぬるしたものが、ヴィンフリートの幹を甘く這《は》いまわっている。その柔らかな感覚に思わず腰骨が震えた。

さらに間の悪いことに、今日は寸分の隙もなく誂《あつら》えられた軍服を身に着けている。ズボンはぴちっと太ももに張り付いているため、昂った雄が行き場をなくし窮屈でこれ以上ないほど苦しい。

どこからやってくるのか分からない甘美な刺激に、竿全体が、すっかり勃《た》ちあがってしまっている。

いったいなぜだ？

ふいに、根元から亀頭に向う太い筋に沿って温かなものが這い上がってきた。

「う、あぁ……っ、そこはっ……」

ぞくぞくっと腰が痺れ、眩暈《めまい》がしそうなほど気持ちが良すぎて、息が止まりそうになる。

「くそっ、こんな時に……」

ヴィンフリートは軍服のズボンの前立てのボタンを半ばむしり取るように性急に寛《くつろ》げた。窮屈《きゅうくつ》な軍服から解放され、己の肉棒がぶるんと勢いよくとび出した。

急激な解放感に、ほうと息を吐いたのもつかの間、邪魔するもののない空間に、怒張がよりいっそう固く大きく張りつめて、熱がともる。

何か小さな柔らかいものが這い上る感覚が執拗《しつよう》に肉竿を襲っては、ヴィンフリートを悩ませる。

まるで子猫のように柔らかくて小さな舌に愛撫されているようだ。

「うっ……、そこはっ……っ、やめっ、はっ……」

いまや怖いものなどない自分に、かくも弱い部分があったのかと、今さらながら思い知る。

——甘い。

なんて甘さだ。

鋼の精神で我慢しようにも、蜂蜜を撫《な》でつけられたような甘い感覚に支配され、一向に熱が引かない。それどころか熱がどんどん膨れ上がってきて、ぐったりと王の椅子にもたれて仰け反り、その甘美な感覚に身を任せて悶絶《もんぜつ》してしまいそうになる。

自分の手で一ミリたりとも触れていないのに、いまや雄茎は熱く滾《たぎ》り、がちがちに反り返っている。

いったいどうしたことか。

戦の場において、生と死との狭間の極限状態では、精神が高揚し勃起することが稀《まれ》にある。

だが、それでもこんなに熱く張り詰めたことはない。

「く……、そ……」

あまりに悦《よ》い。

なにかの呪術なのだろうか。それにしては、禍々しい気が全く漂っていない。

それどころか神殿と似た静謐《せいひつ》な空気がこの部屋に満ちている。

「くぅ……っ」

切っ先にどんどん熱が溜《たま》り、昂りがぴんと張りつめる。そしていきなり湿った温かなものの中に亀頭がすっぽりと包まれた。まるで至福の天上にいるようだ。

亀頭をきゅうっと何かに吸われ、裏筋を小さな柔らかいもので舐《な》められた。

――まずい、イきそうだっ……。

瞬間、憤った肉棒がびくんびくんと大きく脈動した。

「うっ……！」

あまりの心地よさに己の限界を超えた。

愉悦が根元から駆け巡り、奔流となって流れ出る。

天井にまで届かんばかりに、熱い飛沫《しぶき》が肉竿を揺らしながらびゅくびゅくと激しく噴きあがった。

「くっ、そんなばかな……」

ヴィンフリートは荒い息のまま、呆然《ぼうぜん》と己の屹立《きつりつ》を見つめた。

――射精したのだ。

あろうことかこんな昼間に、軍事会議の間で。

指一本、触れてさえいないのに。

「っ……！」

果てたばかりの鋭敏な亀頭の先端を何かでぺちっと弾かれた気がした。

みるとその反動で、屹立がぷるんと揺れている。

「どういうことだ？」

ヴィンフリートは、この信じられない事態に額に手を当てて考え込む。

大神官《バルタザール》に聞かなくては。あの者ならば、何か分かるかもしれない。

——いや、待て。あの者こそが何かを企んでいるのかもしれない。

穏やかそうでいて、昔から食えぬ奴だ。

それになにをどう聞くのだ。十代の若造のように、昼間から見境なく欲情して挙句の果てに精を放ってしまったなどと言えるはずもない。

ヴィンフリートは、頭《かぶり》を振った。

ここのところずっと女っ気がなかったのがいけなかったのだろうか。

臣下たちが、最近、昼も夜もひたすら政務に取り組むヴィンフリートを「生真面目すぎる」と嘆いていることも知っていた。見合いの話も気が進まずにずっと断っている。どうやら大臣たちの中には、女に興味のない堅物皇帝と陰口を言っている者もいるようだ。

だが、本当に堅物だというわけでもない。本来のヴィンフリートは自由奔放な性格だ。

十代後半の頃から、戦を終えて帰国すれば、こっそり若い兵士たちに紛れ、人並みに娼《しょう》館《かん》にも出入りしていた。

それは若さからくる興味と、生理的な欲求の解消に過ぎなかった。

とはいえ、政務や戦はヴィンフリートを自由にさせておいてはくれない。

父王が身罷《みまか》ってからは、お忍びの夜歩きもやめ、政務に邁進《まいしん》してきた。

だが、もともとヴィンフリートは精力が旺盛なほうだ。

もしや女性との交わりから遠ざかっていたせいで、とうとう体に異常をきたしたのだろうか。

――ばかな。そんなことがあろうはずがない。

ヴィンフリートは、苦笑した。

気にするな。疲れが溜まっていただけだ。

だが、正式に即位すれば、さらに気の重いことが待っている。

即位したその日に、神殿において秘巫女となる者が選ばれる。その夜からヴィンフリートが王妃を娶《めと》るまでの間、その秘巫女と伽を行わなければならないのだ。

「まったく、はた迷惑なだけだ……」

それは王妃以外に子ができることを防ぐためという名目ではあるが、実際は、神殿の権力を維持するために受け継がれたしきたりではないかとヴィンフリートは考えている。

だが、いくら数百年に渡って、この国の王に受け継がれてきたとは言え、神殿に己の性事情を把握されるのは全く面白くない。

あの食えない大神官のバルタザールには、特に。

それに、神殿が選んだ秘巫女など気位ばかり高すぎて扱いが厄介そうだ。

顔をしかめて考え込んでいたヴィンフリートは、ふいに眦《まなじり》を緩めた。

まぁ、表向きは秘巫女と伽をしたフリをして、添い寝でごまかしておけばいい。秘巫女などに煩わされるのはごめんだ。

――とにかく、そんなことより和平のことだ。宰相と話を詰めなければ。

ヴィンフリートは深く考えるのをやめて身繕いをすると、王の威厳を纏《まと》って軍事会議の間を後にした。


「ふぉっ、ふぉっ、ふぉっ、あの娘もなかなかやるではないか」

神殿の奥で、ほくそ笑みながらヴィンフリートに視線を注いでいる者がいた。

今は誰もいなくなった王宮の軍事会議の間が、神の像の前にある大きな水盤に映し出されていた。仄《ほの》かな蠟燭《ろうそく》の明かりに照らされて、水面がゆらゆらと揺れている。

思ったとおり、かの者は我が王と同調《シンクロ》した。

神が告げたように、時が満ちつつある。やはり、かの者は秘巫女になる運命なのだ。

バルタザールは水盤が映し出した事実に満足して立ち去ろうとした。――その時。

突然、パシャンという音が上がり、驚いて振り返ると水盤にさざ波が立っていた。

さざ波はさらに大きくなり、まるで嵐の海のようにうねりながら飛沫《しぶき》をあげている。

バルタザールは、その異変にぎょっとして目を見開いた。

「なんだ、これは？　いったいどうしたことじゃ」

水盤に異変が現れるなど、今までにはなかった。

水盤が何かを伝えようとしているのか――？

見ると、水面には今まで映し出されていた王宮の部屋が消え、代わりにどす黒い墨のようなものがどこからともなく染み出してきた。

「これは……！　なんと不吉な……！」

それは水面全体に広がり、黒い大きな渦を巻き、やがて水盤の底に吸い込まれるように消えていった。

「いったい、なにを意味しているのだ？」

不吉な前兆だろうか。

よからぬことが起こるのだろうか、王に、あるいはかの者に……？

だが運命は動き出している、今さら変えることはできないのだ。

かの者が秘巫女になることが神意であれば、たとえ待ち受けるのが不幸な運命であろうと逆らうことは不可能だ。

バルタザールは、神殿の壁にある隠し扉を急いで開けた。

その中の黒い装丁がなされた禁断の書を手に取ると、本を固く縛っていた紐《ひも》を引きちぎらんばかりの勢いで解いた。

代々、大神官だけに受け継がれているこの書の中に、今の水盤の意味することが書き記されているはずだ。

ずっしりと重い本を抱えて台の上に置くと、バルタザールは、眉間に皺を寄せその箇所を一心不乱に探しはじめた。

やがて、あるページで手をとめると、その顔はみるみるうちに蒼白《そうはく》になり、書を持つ手がわなわなと震えだした。

「おお、これは……。まさか、そんなことがあろうはずが……」

バルタザールは、生気が抜けたようにふらふらと神の像の前に行くと、その足元にひれ伏して祈りを捧《ささ》げた。

「神よ、あなたはあの娘にかような試練をお与えになるのですか。どうか、おお、あなたの御子にどうか、ご加護を――」

静謐な神殿の中に、バルタザールの悲痛な祈りの声が響き渡った。

第2章　秘巫女《ひめみこ》の誕生

いよいよヴィンフリート王の即位の儀が行われる日の夜明け。

明けの明星がひとつ、東の空に輝き始めた。

朝靄《あさもや》に煙る中、王都はまだ眠りについていたが、神殿だけは篝火《かがりび》があちこちに灯され、にわかに騒《ざわ》めきだした。

夜明け前にもかかわらず、秘巫女《ひめみこ》見習いたちは、王の即位の儀が執り行われる大神殿に集められた。

いよいよ今日、この中の誰かが、運命の日を迎えることになる。

秘巫女に選ばれた者は、今宵、王への伽《とぎ》を仰せつかり、王の精をその無垢《むく》なる身に受ける。そして万が一のときは、その身に変えてでも王を守るという、いわばこの国の命運をも握る使命を持つのだ。

「全員集まっておるようじゃな」

秘巫女見習いたちが、緊張した面持ちで大神殿で並び待っていると、大神官のバルタザールが大きな扉から入ってきた。その後ろには、高位神官らが白銀の聖札がのった盆や、いくつもの水瓶《みずがめ》を恭しく掲げながら付き従っている。

フェリーチェはその様子をどこか他人事のように眺めていた。

大神官を筆頭に、神の像へと続く神聖な通路を列をなして進む。像の前に来ると祈りの言葉を唱え、厳かに振り返った。

その前には純金の大きな水盤がある。

「これより、王の秘巫女を選ぶ儀式を執りおこのう！」

バルタザールの言葉が大神殿に響き渡った。フェリーチェ以外の秘巫女見習いたちは、だれもが緊張にごくりと喉を鳴らす。まさに今、少女たちの運命が決まるのだ。

どのように選出されるかは、古《いにしえ》から伝わる神殿の秘術による。

水瓶を掲げた神官がひとり進み出て、純金の水盤の中に神殿の泉の聖水を注ぎいれた。

次の神官が、秘巫女見習いの名の記された白銀の聖札を、ひとりひとり名を読みあげながら、聖水の中に沈めていく。

一番最初に名を呼ばれたのは、ミュリエルだった。彼女は水盤の一番前に陣取って、自信たっぷりな声で返事をした。そして最後に名を呼ばれたのはフェリーチェだった。

フェリーチェは控えめに返事をした。選ばれることはないと分かっているのに、候補の中に入ることがどうしても無駄に思えてしまう。

でも、この儀式が終われば秘巫女見習いから解放される。ということは、もとの神官見習いに戻れるのだ……！

早く終わってほしい。そんな不埒《ふらち》な考えが浮かぶ。

それに今まで夜明け前に起きたことなどない。こんなに早く起こされては、今夜は熟睡してしまいそうだ。万が一、自分が選ばれたとしたら眠くて夜伽《よとぎ》などできそうもない。

自分がそう思ったことにフェリーチェは、内心、くすりと微笑んだ。

秘巫女に選ばれるなど、万に一つもあるわけがない。

フェリーチェは小さな欠伸《あくび》を噛《か》みしめ、儀式が進むのを眠気と闘いながら眺めていた。

全員の聖札が沈められたあと、大神官が厳かに詔《みことのり》を唱えはじめる。

この詔が唱え終わったとき、水盤に沈められた聖札がたった一つだけ浮かび上がるという。

その聖札に名の書かれていた者が、王の秘巫女となる。

すべての詔が唱え終わり、神官らが固唾《かたず》を呑《の》んで水盤を見守った。

すると光を放ちながら、ひとつの銀の聖札が水盤の底からゆらゆらと浮かび上がった。

「おお……！」

神秘的な現象を目の当たりにし、神官や居並ぶ秘巫女見習い達にどよめきが走る。

バルタザールは浮かんだ聖札を掬《すく》い取ると、恭《うやうや》しく掲げあげた。

「これより、神に選ばれし秘巫女の名を述べる！」

大神官の声が神殿中に響き渡った。

一同が、しんと静まりかえるとフェリーチェは、きょろりと周りを見渡した。

――まずい、おなかが鳴りそう……。

フェリーチェはお腹に手を当てて、ぐっと力をこめた。ここでお腹が鳴ってしまったら、ヒンシュクものだ。今日は朝ご飯を食べる時間がなかったから、戻ったら食堂で焼き立てのパンを食べよう。

視界の先では、大神官のすぐ前にいるミュリエルが、頬を紅潮させて自分の名が呼ばれるのを待っている。自信があるだろうし、家の期待もあるだろう。きっと彼女が選ばれるはずだ。

フェリーチェは、ある意味分かりやすいミュリエルの様子を微笑ましく見守っていた。


「王の秘巫女に選ばれし者の名は……」

バルタザールが誰かを探すように秘巫女見習いたちをぐるりと見回した。

一瞬、目が合ってドキッとする。気もそぞろだったのがばれてしまったのだろうか。

フェリーチェは、慌てて神妙な面持ちで顔を伏せた。

その途端、なぜか全身がかぁっと熱くなり鼓動が早くなる。

なぜなの？

いきなり心臓が、どきんどきんと大きく音を立て始めた。

（――フェリーチェ、ようやくこの時が来た。お前は運命の乙女となるのだ……）

天上から降ってくるような鮮明な声が頭の中に響き渡る。

――誰？

フェリーチェは、はっとして周りを見回した。バルタザールの後ろの神の像が柔らかな光に包まれている。

そんなことあるはずが……。

慌てて目をこする。すると、いつもとなんら変わりのない神の像に戻っていた。

いったい私はどうしたの？

なぜか胸がざわざわし、未知の予感がフェリーチェを襲う。

「皆の者。ついにこの時が来た。秘巫女に選ばれし乙女の名を宣《せん》す」

バルタザールが集まった者たちに視線を巡らすと、一同が固唾を呑んだ。

「その乙女の名は、フェリーチェ……！　そなたにヴィンフリート王の秘巫女の任を与える！」

大神官が厳かに、だが、ゆるぎない声で言うと、誰もが驚愕《きょうがく》した顔でフェリーチェに視線を走らせた。バルタザールの周りの神官さえも、予期せぬ者の名が呼ばれ、驚きの表情を浮かべている。

ミュリエルも信じられないという顔でフェリーチェを見た。

「わ……、わたし……？」

フェリーチェは呆《ほう》けた様子で顔を上げた。バルタザールがゆっくりと頷《うなず》いて口元をほころばせた。

「こんなのでたらめよ……！　何かの間違いよ！　王の秘巫女は私のはずよ！」

ミュリエルが声を上げると、他の秘巫女見習いたちもにわかに騒つき始めた。

「静まるのじゃ！」

バルタザールが間髪入れずに一喝すると、一転、水を打ったようにしーんと静まり返る。

「皆の者もたった今、神聖なる現象を目の当たりにしたであろう。神の意思は今ここに降臨した。その決定を覆すことは、王でさえもまかりならぬ。ましてや異を唱えるなど、神への冒瀆《ぼうとく》に等しい」

ミュリエルは青ざめた顔で唇を噛みしめている。

「これは神意である。これより秘巫女に選ばれたフェリーチェには、清めの儀式をおこなう。他の者たちは解散せよ」

神官らが慌ててバルタザールの意に従い、秘巫女見習いたちを退出させる。

「え？　ちょっと待って。私は……」

「ほれ、フェリーチェをあの部屋に連れていけ」

バルタザールが、女神官《にょしんかん》らに促した。

「え？　ひゃあっ！」

「さ、フェリーチェ様、こちらに」

こんなの嘘《うそ》……！　ありえない。

だって、私は捨て子で落ちこぼれで、王の秘巫女になれるはずはない。

私は寝ぼけて夢でも見ているのかしら……。

驚く暇も与えられないまま、どこからともなく現れた女神官らがフェリーチェを取り囲み、神殿の奥に引き摺るように連れて行く。

「あの、ちょっと、待ってください。わたし……。きっと何かの間違いです！　私は王の秘巫女に相応《ふさわ》しくありません」

大神殿の裏手にある通路から神殿の奥の小部屋に通されると、ようやくフェリーチェは抗議の声を上げた。

「フェリーチェ様、先ほどのご神託をご覧になったでしょう。あなた様こそ、王の秘巫女に相応しいお方なのですよ」

いつもは近づくことさえ許されない、高位の女神官達が畏敬をこめた眼差しでフェリーチェを見つめている。

そんな、そんなの無理……！

「無理ではない」

フェリーチェの心を読んだように、大神官がローブの裾を翻《ひるがえ》しながら部屋に入ってきた。

「誰が王の秘巫女に相応しいかは神の決めること。すでにあの時から決まっていたのだよ」

「あの時……？」

大神官は何を言っているの？

フェリーチェは透きとおった青紫《アメジスト》の瞳を困惑気に揺らしながら、バルタザールを見た。

「お前は間違いなく神に選ばれたのだ。よく思い出すがいい。お前は、数ある張形《ディルド》の中から透明な水晶の張形を選んだ筈《はず》だ」

「あ、あれは、最後にひとつだけ残っていたから……」

「ははは、残っていたのではない、あの水晶の張形自身が、お前に選ばれるよう仕向けただけのこと。あの時からすでにお前は選ばれていたのだ」

やけに自信たっぷりな声で大神官が言ったが、フェリーチェはますます混乱した。

――張形が仕向ける？　どういうこと？

「でも、あれは……、ただの造り物で……」

「そう思うか？　あの張形に生気を感じなかったか？」

感じなかったと言えば嘘になる。張形とは思えない脈動を感じたり、不思議な光を見たり、実際にあの時、不可思議なことが起こっていたのだ。

「あの張形は、我が国の王、ヴィンフリート陛下の子供時代のご神根そのものの型を取ったものだ。それを神殿の秘宝の一つである特別な水晶で作らせた。そして、あの水晶はお前を選んだのだ、フェリーチェ。お前は自分が捨て子だからと思っているかもしれんが、王の秘巫女となる者に貴族も捨て子も関係はない。その任に相応しい者が神に選ばれるのだ」

フェリーチェは驚きで何も言うことができなかった。

あれが、王の幼少期のご神根？

あの見事なほど美しい造形は、王そのものだったの？

「それに無事、同期《シンクロ》できたようだしの」

「えっ？」

「まぁ……、よい」

大神官は含み笑いをした。ここまでは、禁断の書に書かれている千年に一度と言われる銀の髪に青紫の瞳を持つ秘巫女の誕生そのものだ。

だが……。

バルタザールは心の奥に不吉な靄《もや》が広がっていくのを感じた。

あの時、水盤に浮かんだ黒い渦が、この先フェリーチェに起こる悲劇を意味しているとしたら……。禁断の書に書かれていたことと同じことが起きるのであるならば……。

それを乗り越えなくては、たとえ神の意思であっても、フェリーチェは真の秘巫女となることはできない。養い親としては、フェリーチェに心安く過ごしてほしい。辛いと分かっている運命に送り出すことはできぬ。だが――。

「お前に大事なものをやろう。フェリーチェ、跪《ひざまず》くがいい」

バルタザールは、大神官としての責務を全うすべく、心の声を押し殺した。

「はい。大神官様」

戸惑いながらもフェリーチェはバルタザールの前に跪いた。

それを合図に、女神官が高坏《たかつき》にのった白銀のペンダントと聖水の入ったクリスタルの小瓶を大神官に差し出した。

「フェリーチェ、これは神殿で最も貴重なもの。このペンダントの中には、ある薬が入っている。この薬をこの小瓶に入っている聖水と一緒に飲めば、どのような毒からもその身を救うことができる。だが、この薬はたった一つしかない。よいか、いざという時、誰に使うべきものか分かっておるな」

そのペンダントは小さな貝の形をしていた。バルタザールが貝の蓋を開けると真珠のような白い小粒の丸薬が入っている。

フェリーチェは、それをじっと見つめて頷いた。

分かっている。これは、他の誰でもない、王のために使うのだ。

秘巫女の真の使命は、王を自分の命に代えてでも守ることなのだ。

フェリーチェは、大神官の背後にそびえる神像を仰ぎ見た。

——神様。だからあなたは私を選んだのですか？　私が捨て子だから。

私が死んでも、悲しむ家族がいないから——。

そう思うと、きゅっと胸を絞ったような痛みが走り、泣きたい気持になった。

「頭《こうべ》を垂れよ」

大神官と目が合う。その瞳は、これは変えることのできぬ神の意思だと告げている。

フェリーチェは、静かに頷くと大神官の言葉に従った。

秘巫女となることが、自分に科せられた運命《さだめ》であるならば、甘んじて従おう。

深く頭を下げると、うなじにひんやりとした鎖の感触が伝わってきた。

「フェリーチェに、神のご加護を……」

バルタザールの言葉に、フェリーチェは首元に揺れるペンダントをぎゅっと握りしめた。

その時は、できるのだろうか。私に。

わが身に変えてでも王を守るということが……。


——今宵、若き王、ヴィンフリート王の秘巫女《ひめみこ》が誕生した。


「フェリーチェ様、それではこちらの聖水に浸かってください」

大神官からペンダントを与えられたフェリーチェは、女神官のラレスに引き合わされた。

彼女は、王の秘巫女になったフェリーチェのため、これからフェリーチェと神殿、さらに王との連絡を取り次ぐ役目を担っている。

すぐさま彼女に別室に連れて行かれ、着ていた簡素な衣服《ブリオー》やサンダルをすっかり脱がされる。

聖殿の奥に造られたこの部屋は、泉の水を引き入れて沐浴《もくよく》を行う場所のようだ。

フェリーチェは肌寒さのせいなのか、王への伽を務めるという不安からなのか、ふるりと身を震わせた。

「こちらですよ」

ラレス女神官に示された石畳の階段を降りると、掘り下げられた浴槽に泉の水がいっぱいに張られている。

足をおそるおそる聖水に浸すと、思ったほど水は冷たくなく温めのお湯のようだった。そのまま階段を下りて胸まで聖水に浸かる。聖水がフェリーチェの緊張を少しずつほぐしてくれている。

——大丈夫。噂《うわさ》では王は、戦では冷徹で恐れられてはいるけれど、とても誠実な人柄だと聞く。きっと私がうまくできなくても咎めだてたりはしないだろう。そのかわり、心を尽くして王の伽を務めよう。

沐浴の後、いくつかの儀式を続けて行った。さらに秘巫女としての心得についてラレス女神官からの長い説明が終わる頃には、すっかり夕方近くになってしまっていた。

やっとすべての儀式が終わってひと息ついたとき、ラレス女神官が手に美しい紗《しゃ》の薄衣を掲げるように持って部屋に入ってきた。

「ほほ、だいぶお疲れのようですね。でも、この衣服に着替えたら、あとは王をお待ちするだけですよ」

渡された衣を見ると、細い絹糸で織られていて、向こう側が透けるほど薄い。

フェリーチェは、ごくりと喉を鳴らした。

覚悟はしていたものの、これから王へ自分の躰《からだ》を差し出して、夜伽を務めるということが、いよいよ現実味を増してきた。

「あの、ラレス様、これを着るの？　それに、王はいつ頃来られるの？」

「フェリーチェ様。どうぞ、私のことはラレスとお呼びください。王の即位の儀は大神殿で、滞りなく行われました。この後、ヴィンフリート様は王宮で外国の王族や貴族の方々と共に晩餐《ばんさん》をなさいます。おそらくフェリーチェ様のもとにお越しになるのは夜中近くになるでしょうが、夜はこのお召し物でお待ちいただくことが習わしとなります」

「そうですか……」

フェリーチェがそれでも着るのをためらっていると、ラレスがその薄衣をそっと広げた。

「ご覧ください。王の秘巫女に相応しい最高級の美しい絹ですよ。叶《かな》うものならば、今宵、国中の女性があなた様になり替わりたいと思っているでしょうね……」

その言葉にラレスの想いが混じっているような気がして、フェリーチェは彼女を見た。

ラレスも高位の女神官なのだから、希望すれば秘巫女見習いになれたはずだ。それにラレスは黒髪だけど、目鼻立ちがくっきりしていてなんだか神秘的で高貴な美しさがある。

「ラレスは、王を知っているの？」

「はい、よく、存じております。それはそれは昔から。私は王より三つ年上ですが、幼い頃は一緒に遊んだこともあります」

「……ラレスはどうして秘巫女見習いにならなかったの？」

「ほほ、フェリーチェ様、私は年齢が王より上なので対象外なのです。それに私は婚約者を捨て、この神殿に逃げ込んだ身ですから」

「えっ……？」

フェリーチェは驚いてラレスを見た。婚約者を捨てた？　高位の女仲官であるラレスに何があったのだろう。

「私は家同士の取り決めで、他国の王族と婚約させられました。ですが私は、絶対にこの国から出たくなかった。この国を……こよなく愛しているのです。とうとう輿《こし》入れの日、私は迎えに来た婚約者の馬車から隙を見て逃げ出しました。でも、その婚約者は私を追ってきて、捕まえようとしました。そこへ、偶然、馬で通りがかったヴィンフリート陛下に助けられました。婚約を破棄するためには、地位も財産もすべてを捨てて、神にこの身を捧《ささ》げる以外に道はない。私の意思を汲《く》んでくださったヴィンフリート陛下は、特別な計らいで私を女神官にしてくださいました。ヴィンフリート陛下には心からの感謝と……愛でいっぱいです」

その瞳には、王への想いが込められている気がした。ラレスは小さな頃から、王に対して特別な感情があったのではないかしら……。

「ほほ、私の身の上話などどうでもいいですわね。戦《いくさ》では烈火のごとく激しく相手を打ち負かしますが、普段のヴィンフリート陛下は、とてもお優しい方です。ですから今宵のこともヴィンフリート陛下にお任せしていれば、なんの心配もありません。さ、どうぞお召し替えを」

複雑な想いを断ち切るように、ラレス女神官は迷いのない仕草で薄衣を差し出した。

ふわりと袖を通された衣は、羽のように軽い。

胸元をみると、この服をフェリーチェの体に繋《つな》ぎとめているのは、胸のふくらみのすぐ上にあるたった一つのリボンだけだ。幸い膝まである裾がドレープのように幾重にも重《かさ》なっているので、前がはだけて見えないのが、せめてもの救いだ。

でも、この紐《ひも》を王がするりとほどけば、フェリーチェは皮を剝かれた果物のように無防備となる。そうなったら王に貪欲に貪られてしまうのだろうか。

「そのままではお寒いので、羽織ものを着ましょうね」

ラレスはフェリーチェがふるっと震えたのを寒いのだと勘違いして、羽織ものを用意してくれた。薄い水色でフリルがついている、貴族の令嬢が寝巻の上に着るようなガウンだった。フェリーチェは、こんなに可愛らしいガウンを着るのも初めてで、何もかもが身の丈にあっていないように感じる。

「さぁ、では参りましょう。フェリーチェ様、こちらへ」

とくんと心臓が鳴る。

長い回廊をラレスに誘《いざな》われて連れていかれたのは、ずっと神殿で生活していたフェリーチェでさえも立ち入ったことのない大神殿の奥だ。

そこは夜伽のためだけに設《しつら》えられている『王の寝殿』と呼ばれる聖域でもあった。

重々しい扉の前には、扉を守る騎士がいた。さすがに王の寝所となる部屋は神官に守らせるわけにはいかないのだろう。ラレスが騎士に頷《うなず》くと、扉が開かれフェリーチェは中に通された。

「わぁ、綺麗《きれい》……」

その部屋は、まるで祈りを捧《ささ》げる祭壇のようにいくつもの燭台《しょくだい》があちこちに灯り、中央には薄い絽《ろ》のヴェールが垂れた豪華な寝台が置かれている。

寝台の上に掛けられた真っ白い薄絹が、蠟燭《ろうそく》の光を受けて、やけに艶めかしい光沢を放っていた。

フェリーチェは、その寝台を目の当たりにすると、途端に緊張が増して胃の腑《ふ》が竦《すく》みあがる。

今宵、ここで、この寝台で王の伽の相手を務めるのだ。

「……フェリーチェ様、ここは秘巫女がお過ごしになる部屋、『王の寝殿』です。あなたは今宵から王妃に次ぐ尊い身分となるのです。神殿の中は自由に歩けますが、神殿の敷地の外には許可なく出られません。普段、王が執務を行う城にも足を踏み入れることはできません。この神殿で、夜のみ王をお迎えするのです。また軽々しく下々の者と言葉を交わしてもいけません。よろしいですね？」

フェリーチェは、こくりと頷いた。今までは見習い神官として、食堂のおばさんや神殿で働く大勢の人たちと気さくに言葉を交わしていたのだが、それもできなくなってしまうのだ。

「円卓の上に軽食が準備されています。王の訪れがあるまで、かなり時間がありますからそれまで寛いでお過ごしください。何か用があれば、その壁にある呼び鈴の紐を引いてください。私はこの近くの部屋に控えておりますから」

色々気遣ってくれたラレスがいなくなると、さらにこの部屋が広く心細く感じた。

円卓の上には、美味しそうな肉やパン、蜂蜜酒などが準備されてはいたが、さすがに緊張で胃がなにも受け付けそうにない。

どきどきと鳴り止まぬ心臓の音だけがやけに大きく耳に響く。

大神殿では、王の即位の儀が行われ、ヴィンフリート陛下は正式に国王に即位したという。

今頃は各国の使者との晩餐をとっている頃だろう。そして夜遅くに陛下がこの王の神殿に渡ってくる。

王に求められれば、拒むことなどできない……。

フェリーチェは自分の身体をきゅっと抱きしめた。

私に務まるのだろうか。

ずっと神殿で育ち、神官以外、本物の男性など見たことも話をしたこともないのだ。

それだけではない。

フェリーチェは、胸元で揺れる銀の貝のペンダントにそっと触れた。このペンダントの中には、あらゆる毒をも解毒するという秘薬がある。でもこれは王のためのもの。

もし王の代わりに自分が毒で死んでしまったら？　その不安と王を守らなければという責務に、圧倒されそうになる。

「ああ、だめ。その時は、その時よ」

フェリーチェはなんとか気を紛らわそうと、王の寝殿を探検し始めた。

この特別な寝殿は六角形の塔のような建物の中にあり、その中央には中庭がある。その中庭をぐるりと囲むように部屋が配置されている。

隣の部屋は大きな湯殿になっているようだ。コポコポという湯の流れる音が聞こえてくる。

部屋の反対側にある扉をあけると、そこは居間のような寛げる空間になっていた。

フェリーチェが生活していた慎ましい部屋からは考えられないほど広く、黄金の縁飾りのあるテーブルや長椅子があり、王がゆったりと寛げるようになっている。ここだけで生活をしてもなんの支障もなさそうだ。その奥には、小さめの図書室もあった。

ふと中庭から吹いてくる風にのって甘い香りが鼻孔を擽《くすぐ》った。テラスの外を見ると、中庭には純白の月下香がいくつも花開いていた。

「なんていい香り……」

今日はずっと緊張していたせいか、月下香の甘い香りを嗅いだ途端、眠気に誘われてしまいそうになる。

無理もない。夜明け前からずっと、儀式やら沐浴やらが続いていたのだ。

ちらりと目の端に入りこんだ寝心地のよさそうな寝台に心が惹《ひ》きつけられる。

今はすでに夜の七の刻《こく》。ちょうど晩餐会が始まっているころ合いだろう。とすると、王がここに来るまでは、まだたっぷり時間がある。

でも、王が来る前にこの寝台でひとりで眠るわけにもいかない。ただ、ちょっとだけ、このふかふかの寝台に頭を乗せて身体をやすめるだけなら……。

フェリーチェは王の寝台の上に頭をちょこんとのせると、絹のすべやかな感触にうっとりした。

なんて気持ちがいいの……。自分の部屋にあった洗いざらしの木綿の上掛けとは肌触りが全く違う。

王の秘巫女になって一番嬉《うれ》しいのは、この寝心地の良さそうな寝台で眠れることだろう。

今にも沈みそうな意識の中でくすりと微笑んだ。

甘い香りとともにやってきた睡魔に襲われ、フェリーチェの瞼《まぶた》はゆっくりと閉じられた。

第3章　王の証

ホウ、ホウ――。

中庭の宵闇の奥から梟《ふくろう》の鳴き声が聞こえて、ハッとして目が覚める。

フェリーチェは、いつの間にか大きな寝台にあがって眠り込んでしまったようだ。

部屋の壁掛け時計を見ると、すでに零の刻。

「まずい……！」

こんな時間まですっかり眠りこんでしまったとは。いつ王がやってきてもおかしくない時間だ。

しかも寝台がかなり寝乱れてしまっている。

「な、直さなきゃ」

フェリーチェは慌てて自分がすっかり眠りこけていた痕跡を残さないように、寝台を整え始めた。王をお迎えするため、すべてを元通りに美しく整えなくては。

すぐにも王が来てしまうのではないかと焦《あせ》りながら、寝台の向こう側の掛け布も綺麗《きれい》に整える。端まで手が届かないので、屈んでお尻を突き出してうんと手を伸ばしたそのとき。

「王のお渡りにございます」

音もなく扉が開いた。

すると背後で、息を呑《の》む気配がした。

「――ほう、粋な計らいだな。可愛いお尻でお出迎えとは」

ざわりと鼓膜を撫《な》でられたような低い声。

振り向くと、長身の男がフェリーチェを見て目を煌《きら》めかせた。そのすぐ後ろで、ラレス女神官《にょしんかん》の驚いた顔が見える。

「お、王様……？」

「そなたが、余の……秘巫女《ひめみこ》か？」

ヴィンフリート王が、値踏みするような視線を向けてきた。躰を上から下まで舐《な》めるように見つめられ、フェリーチェの頬が熱くなる。

いまは薄衣しか着《つ》けていないせいで、ほとんど透けて見えてしまっているだろう。

フェリーチェの鼓動が一気にどくどくと跳ね上がる。

「フェリーチェ様……！　王に拝礼のご挨拶を」

ラレス女神官が慌てて、フェリーチェに近づこうとするのを王が制した。

「よい、ラレス。そなたはもう下がれ。このように可愛らしい秘巫女ならば、今宵は退屈せずにすみそうだ」

低く響く声が、揶揄《からか》いを含んでいる。

フェリーチェは、自分が秘巫女として王をお迎えするのに、早くも失敗したのだと悟り、背筋がすっと冷えた。王を温和だという人もいれば、臣下の失態には冷酷だという噂《うわさ》もあり、掴みどころがない。

ラレスは一瞬、フェリーチェに厳しい視線を向けるとくるりと身を翻《ひるがえ》して王に言われるとおり退出した。

フェリーチェは慌てて衣服の乱れを直し、王に跪いた。

「ヴィ、ヴィンフリート陛下に拝礼します。秘巫女のお役目を拝命しましたフェリーチェと申します。今宵からヴィンフリート陛下が王妃を娶られるまでの間、心を込めて夜伽をお務めいたします」

フェリーチェは頭を深く下げ、習ったとおりに言う。覚悟はできていたはずなのに、声が微かに震えてしまっている。薄衣ひとつの自分が、ひどく頼りなく思えてくる。

「そなた……フェリーチェと申すのか？　それに珍しい髪の色をしているな。面を上げ、顔を見せよ」

フェリーチェが恐る恐る顔を上げると、ヴィンフリートが長身を屈めてフェリーチェの顔を食い入るように見た。

「青紫《アメジスト》の瞳――」

――どきん。

心の奥までを見透かすような王の瞳に見つめられ、心臓がひとつ打ったまま時が止まってしまったようだ。

燻《くすぶ》る炎のように揺らめく金の双眸《そうぼう》。黒い羽のように長い睫《まつげ》。彫りの深い精悍《せいかん》な顔立ち。

フェリーチェは、やはり噂など当てにならないのだと思った。

——巷《ちまた》の噂などまやかしに思えるほど、男らしさと生命力に溢《あふ》れている。怜悧《れいり》な光を湛《たた》えた瞳が、生まれもつ王の威厳を醸し出していた。

軍神といわれるだけあり、雄々しくて威圧感のある男の体軀《たいく》がすぐ目の前に迫ると、フェリーチェはぞくりと戦慄《わなな》いた。

そんなフェリーチェのことなど全く意に介していないのか、ヴィンフリートは薄明かりの中、さらに顔をよく見ようとフェリーチェの顎《あご》に手をかけ、くいっと引き上げた。

「あっ……」

「お前は、まさか、あのときの……。——なんということだ」

ヴィンフリートが、衝撃を受けたような顔でフェリーチェを見つめている。

「——なるほど、バルタザールもやはり食えぬ男だ。今になってそなたをよこすとは……」

ヴィンフリートがぱっと手を離すと、フェリーチェはふらりとよろけた。倒れそうになったフェリーチェの腕を取り、まるで子供を抱き上げるように軽々と引き上げた。

「フェリーチェ。そなた……余を覚えているか？」

まだ混乱を極めるフェリーチェは、ヴィンフリート王の言葉を頭の中で反芻《はんすう》する。

覚えている……？　それはどういう意味だろう。神官見習いだった自分には、王と全く接点は無い。それとも、なにかの儀式で会っていたのだろうか。

だとすれば、こんなにも存在感のある王を忘れるわけがない。

ほんの一瞬、王がその瞳に憂いを滲《にじ》ませたような気がした。

「なるほど、覚えていないのだな。なんと憎らしい。お前にたっぷりと仕返ししたくなる」

はっと気づいたときには腰に腕が絡みつき、最初の優しげな態度とは一変したように、荒々しく逞《たく》ましい体軀に引き寄せられた。

「この銀の髪。忘れられるわけがない。月の光を糸にして紡いだような——あの頃と全く同じ」

——あの頃？　それはいつのこと？　王は何を言っているの？

フェリーチェがわけが分からないままでいると、ヴィンフリートはうっすらと笑う。

「ふ、余の秘巫女がそのように身体を硬くしては、褥《しとね》で愉しめぬぞ。硬くするのは男の役目だ。そうだろう？」

「か、硬くするって……」

ま、まさか、あれのことだろうか。

フェリーチェの頭の中に、あの美しい張形《ディルド》が思い浮かぶ。

『フェリーチェ、あの張形は、王の子供時代のご神根を型取りしたものだ』

バルタサールから明かされた真実が蘇《よみがえ》り、いざ、その本人を目の前にすると、知らなかったとはいえ、あの張形にしてしまったことに顔が沸騰しそうなほど熱くなる。

「秘巫女のくせに何も知らぬのか？　まぁ、あのバルタザールに神殿の中でずっと守られていたのだからな」

――守られていた？

ヴィンフリート王の言うことは、すべてが謎だらけだ。

「人の記憶とは儚《はかな》いものだ」

なぜか咎《とが》めるような眼差しを向け、フェリーチェの銀の髪を一房取る。やわらかな感触を確かめるようにゆっくりと手に巻き付けた。

「だが、今宵のことは忘れぬように、私がお前にしっかりと刻みつけてやろう。目の眩《くら》むような悦びをな」

「――――あっ」

ヴィンフリートが手にした銀の髪をくいと引く。まるで捕獲した獲物に喰《く》らいつくように狙いを定め、フェリーチェの小さな唇を強引に覆う。

「んっ……」

逞しい身体と同じくらい肉厚な感触を唇に感じ、背中に甘い痺《しび》れが駆け抜けた。呼吸さえも呑み込まれてしまいそうな荒々しい口づけに恐ろしくなり、なんとか唇を解こうともがく。

なのにヴィンフリートの唇がそれを阻んで、フェリーチェの口を捉えて離さない。フェリーチェは、突然の口づけに狼狽《ろうばい》し、どう息を吸っていいか分からず胸が苦しくなる。

「しずまれ……」

するとヴィンフリートの唇がゆっくりと滑らかに動き、逃れようとするフェリーチェの唇を優しく宥《なだ》めるように啄《ついば》んだ。ちゅ、ちゅっ……と水に濡《ぬ》れたような甘美な音があがり、いったん唇を離しては、何度も柔らかく口接を繰り返す。

「ふっ……ん」

今まで感じたことのない淡く甘い感覚が、つま先からさざ波のように押し寄せると、フェリーチェは小兎《こうさぎ》のように体を震わせた。

ヴィンフリートはフェリーチェの初々しい反応を喉の奥で含み笑いながら、その唇を堪能している。まるで獣が仕留めた獲物が大人しくなるまで、わざと弄んでいるようだ。

「そうだ、それでいい。力を抜いて余に任せろ」

さらに深く唇が重なってきた。次第に大胆に動き始める。

『――陛下は、とてもお優しい方ですよ。今宵もヴィンフリート陛下にお任せしていればなんの心配もありません……』

そんなの嘘《うそ》……！　王にお任せなんかできない。こんなの聞いてないっ……。

生まれて初めての口づけに圧倒され、ぼうっと蕩《とろ》けてしまいそうな意識の中で、ラレスがフェリーチェを安心させるように言った言葉が蘇る。

いきなり、こんなに淫らな口づけをされるとは。お優しいどころか、まるで獣のようだ。

恨めしく思うものの、口づけの水音がどんどん粘着質な音に変わってくる。王の唇がフェリーチェの口を食べてしまいそうなほどだ。

幾重にも重ね合わされる唇の感触に、フェリーチェの腰から下の力が抜けてしまいそうになる。さらに、よく分からない熱のようなものが、躰《からだ》の中からじんわりと湧き上がってくる。

今まで知らなかった何かが呼び覚まされるような……。

それは初めて知る、甘く痺れるような感覚だった。

「可愛ゆい反応だ。そなたの唇は、みずみずしくて柔らかい」

ヴィンフリートは甘い果実を味わうように、唇をひとしきり貪った。すると今度は、舌先でフェリーチェの唇のあわいをそっとなぞる。

ん――、気持ちいい……。

フェリーチェの、きつく引き結んでいた唇がゆるまった。瞬間、熱い舌がするりと口腔《こうこう》に侵入した。

「んんっ……」

くちゅっと蜜が弾けるような音がする。

恥ずかしいと思ったのもそこまでだった。慌てて王の胸に手を当てて押し戻そうとする。その手をいとも簡単に捉えられ、腰の後ろでひとつに纏《まと》められてしまう。

淫らに触れ合っているのは唇と舌だけ。

感覚が研ぎ澄まされ、口腔内がヴィンフリートの太くて大きな舌でいっぱいになったことに衝撃を受ける。

「へ、陛下っ……んんっ！」

――やめて、と言おうとしたのに、あえなくその言葉を呑《の》み込まされた。

王は舌を口の中に挿れただけではない。さらに舌の付け根を弄《まさぐ》り、それを捏《こ》ねるようにねっとりと絡めてきた。

「ふっ……、んっ……」

ヴィンフリートの太い舌が、フェリーチェの柔らかな舌の粘膜を余すところなく味わい、何度も執拗《しつよう》に擦り合わされる。

抗うことを許されず、されるがまま舌で嬲《なぶ》られ、唾液が口の端から零れ落ちていく。

王は零れた蜜をも啜《すす》り上げ、ごくりと喉を鳴らしてうまそうに飲み込んだ。

「――甘いな。だが、悪くない。良い味だ」

ヴィンフリートはいったん唇を離し、フェリーチェの半開きになり湿った唇をそっと親指でなぞった。

「可愛い唇だ。桜貝のようだな」

「う、ん……っ」

そう呟《つぶや》かれ、また唇をふさがれた。

これが躰《からだ》を重ね合わせるときにする、男女のキスなのだろうか。

フェリーチェにとっては、刺激的すぎる生まれて初めての口づけだ。

神官見習いだったとはいえ、フェリーチェも乙女らしく、初めての口づけはどんな味がするのだろうと、うっとりと思い描いていた。

——甘酸っぱい檸檬《れもん》の味。

こっそり読んだ本にそんなことが書いてあった。なのにどうだろう、甘酸っぱいどころか、濃厚で強いお酒を飲まされたように眩《くら》めいてしまう。

混じり合う唾液が頭を痺れさせ、躰のあちこちに疼《うず》くような熱が灯る。

「はぁっ……、んっ……ヴィっ……」

「ふ、いい子だ。舌も柔らかく蕩けてきた」

太くて長い舌が口内を蠢《うごめ》き、小さな舌を捉えては絡みついてくる。

こんなにも淫らな口づけをされるとは思ってもみなかった。もちろん夜伽では王の接吻《せっぷん》も受け入れるとは習ったが、それはただ頬や唇を軽く吸われるくらいだと思っていた。

秘巫女の役目は、王を昂《たか》ぶらせ、王の精をうけること。妻や恋人同士とするような、甘い触れ合いなど期待してはいけないと教えられた。なぜなら、それは王妃に与えられるべきものだから。

なのに、王の情感が籠ったような淫らな口づけにうっとりするほど感じてしまう。

なぜ私にこんなに濃厚な口づけをするの……？

「んっ、ヴィン……リートさま……」

「……その声も、可愛いらしい。もっと欲しいか？」

腰をぎゅっと引き寄せられた。密着したヴィンフリートの熱い身体から男の欲望のようなものを感じて、下腹部の奥がじんと甘く疼く。貪るような口づけに頭の中が痺れて気が遠くなりそうだ。

ヴィンフリートはひとしきり唇を貪ると、キスで熟れた唇を見て満足げに微笑んだ。足元のおぼつかないフェリーチェを軽々と抱き上げ、ゆるぎない足取りで寝台へと横たえた。

すべやかな絹のひんやりした肌触りを背に感じ、これからしなければいけないことを思い出し、はっと我に返る。

「へ、陛下……、ま、待って。お、お待ちください」

このまま王のペースに乗せられてはまずい。カティヤ女神官に教わったように、秘巫女として私が王を昂ぶらせなければいけないのだ。なぜなら、王のあの部分が柔らかいままでは精を迸《ほとばし》らせることができないからだ。

思いがけない濃蜜な口づけですっかりペースを乱されてしまった。でも、教わった順序で段階を踏まなくては、王にご満足していただくことができない。

ヴィンフリートはフェリーチェに覆い被さろうとして、はたと動きを止めた。不快そうに眉根を寄せると有無を言わさぬように言う。

「フェリーチェ。そなたは、余の秘巫女になったのだから、余のことは陛下ではなく、ヴィンフリートと呼べ。よそよそしいのは好きじゃない。……ん？」

念を押されるように見つめられ、頬の輪郭を指先でそっとなぞられた。

その小さな触れ合いに、なぜか心が甘くときめいてしまう。

王への夜伽で、こんな甘い感情が生まれるなんて思いもしなかった。

「あの、では、ヴィンフリート様。その、私にご奉仕をさせてください。そのために色々習ってきたのです……」

「習った？　いったい何を習ったんだ？」

ヴィンフリートが、目を丸くした。

「ヴィンフリート様を昂ぶらせる方法です。それをしないと、大切な部分が硬くなりません。ふにゃふにゃなままだと、使い物にならないらしいので――」

コツは、じっくりと時間をかけて愛撫すること。

カティヤ女神官が秘巫女に選ばれたフェリーチェに、直々に伝授してくれたのだ。

「――ぷっ。くくっ――」

なぜか、ヴィンフリートが腹をかかえて笑い出した。

なぜ？

「ふ、ふにゃふ……、ぐっ――、ははっ、ああ――、腹が苦しい」

ひとしきり笑った後、ヴィンフリートは目尻に涙をためてフェリーチェを見下ろした。

「可愛いフェリーチェ。それは誰に習ったのかな？」

なにかおかしいことを言ってしまったの？　なにか間違っているの？

「あの、女神官のカティヤ先生です……」

「ほう、ではそのカティヤ先生とやらは、男と睦みあった経験がさぞかし豊富なのだろうね？」

ヴィンフリートの声は笑いを堪《こら》えるように震えている。

「いいえ、そんなことは決してありません。すべて神殿にある門外不出の書物からの知識です。女神官は純潔が義務づけられていますから、男性経験などあるはずがありません」

フェリーチェは、カティヤ女神官を擁護するように言った。特別な事情でもない限り、女神官は純潔でなければ、神殿で仕えることはできないのだ。

「――それは、また、すごい先生だな。きっとその秘伝の書を読み漁ったのだろうね」

何が可笑しいのか、ヴィンフリートはまた笑い出した。

「――で、フェリーチェ、昂ぶらせる方法とはどういうふうにするのだ？　そのふにゃふにゃな部分を」

フェリーチェは、ヴィンフリートが目じりに涙をためて笑いをこらえている様子に、苛立ちが沸き上がった。自分は王のために、神官になることをあきらめたのだ。秘巫女としての知識を数ヵ月もかけて学んできたというのに、王の言葉にはなんだかばかにしたような響きが含まれている。

「手と口で愛撫《あいぶ》するのです。でも、ご安心ください。私も張形で練習しましたから、ご不快な思いはさせません」

フェリーチェは、いかにも、それに長けているようにうそぶいた。本当はうまくできるか自信が無いが、王を不安がらせてもいけない。なにしろ、男性のその器官はデリケートだという。

それに王は女性に興味は無く、真面目で堅物だという評判だ。

どうやって昂ぶらせるのか聞いてきたと言うことは、きっとその方法をよく知らないに違いない。

「張形で？　それはいつ習った？」

「ええと……、たしかひと月前ぐらいです」

するとヴィンフリートは心底驚いた顔をした。

「お前には、すっかり、してやられたな」

しげしげとフェリーチェを眺めたヴィンフリートは、ふっと愉しげに金色の瞳を揺らめかせた。思いがけないやわらかな眼差しにとくりと胸が鳴る。

「では、フェリーチェ。せっかく習ったのなら昂ぶらせてもらおうか。私のふにゃふにゃな部分を」

からかうように言い、そこで初めて王は、自分の着ていた夜着を脱ぎ始めた。衣擦れの音がして、ふぁさっと上着が寝台の脇に落とされる。

「――――あ」

露わになった逞しい体軀に、フェリーチェは息を呑んだ。

王の胸に触れたときに、その逞しさに気がついたものの、これほどとは思ってもいなかった。

鍛えあげられた肉体。

隆起した筋肉は硬そうなのに、王の身体は鞣《なめ》した鞭《むち》のようにしなやかそうだ。初めて目の当たりにする男性の――、王の引き締まった逞しい体躯に圧倒される。

今までフェリーチェが神殿で接してきた細身で色白の男性神官たちとは、身体の造りが全く違う。

肌にはところどころ、うっすらと刃《やいば》の走った痕跡があり、彼が軍神王として命を賭して戦ってきたことを物語っている。

昔、神殿の宝物庫で見た、初代ヴィンフリート王の雄々しい彫刻とうり二つ。

フェリーチェは、言葉もなくただ見惚《みほ》れてしまう。

ふと腰骨から足の付け根へと続いている隆起した筋肉のカーブに導かれるように視線を辿《たど》る。

ちょうど、蠟燭《ろうそく》の灯りの翳《かげ》りとなってよく見えないが、何か存在感のあるものが脚の付け根から臍《へそ》の上の方まで聳《そび》えている。

寝台の脇にある燭台の蠟燭が風に煽《あお》られ揺らめき、その翳りに光があたった。

「まさか――」

その雄々しさに衝撃を受けた。

そのときフェリーチェは、今までカティヤ先生に習ったことがすべて間違っていたことを思い知った。


『……いいですか、王に限らず、はじめは縮こまっていてとても柔らかいのです。根気強く口や手で擦って愛撫《あいぶ》するのですよ。この張形のように十分な力を蓄えるのには、時間と忍耐力が必要です』

——ずっと、そう習ってきた。

だから張形を使って、一生懸命愛撫の練習に時間を割いたのだ。

なのに、王の逸物《いちもつ》は——。

太い筋がまっすぐに伸び、力が漲っているように思えた。

しかもそれは生々しく脈が走り、張形とは比べ物にならないほど、雄々しい。

フェリーチェは、獰猛《どうもう》でいて淫らな様相にどぎまぎして直視できずに視線を泳がせた。

初めからすでに力を蓄えている場合はどうすればいいの？

王の肉棒は、臍の上についてしまいそうなほどの勢いだ。

『王のご神根は、聖なるものですよ』

とてもそうは思えない。

赤黒く隆起している様は、凶悪そうで禍々しい。これを愛撫するなんて、まるで悪魔を崇拝するのと同じくらい、背徳的な行為に思える。

「どうした？　フェリーチェ。なにを固まっている？　秘巫女として習ってきたのだろう？　私のふにゃふにゃなこれを硬くする方法を」

ヴィンフリートは、フェリーチェが愛撫しやすいように上半身を寝台の背に預け、足を寛げた。

フェリーチェに向けられたその目が悪戯っぽく笑っている。

王に揶揄《からか》われている――。

フェリーチェは、怖気づきそうになる気持ちを奮い立たせた。

初めはふにゃふにゃだろうが硬かろうが、ようは愛撫によって王を気持ちよくすることと。それが精を迸らせることに繋がるのだ。

「み、見る限りではふにゃふにゃではなさそうですが……。では、秘巫女としてのお役目を務めます」

実習で習ったとおりにやれば大丈夫。大きな、は、張形だと思えばいいのよ。

動揺する心を押し隠し、フェリーチェは王の陰茎に両手を添えた。

ひゃ……！　なんて、熱い。

張形では、それに温度があることにまで思いが至らなかった。

しかもフェリーチェの両の掌から太さも長さも大きくはみ出す陰茎は、まるで鉛でできているようにずっしりと重い。

「フェリーチェ、本物の男の性器を見るのも触れるのも初めてだろう？　怖いか？」

その声音が、すこし優し気になったのは気のせいだろうか。

「いいえ、あの、張形よりも大きくてびっくりしただけです。それに、あの、この金の輪っかは……？」

蠟燭の灯りを受けた王の陰茎の根元には、精緻な模様が彫られた純金の輪が嵌《は》められている。

「ああ、それは王の証だ」

「王のあかし……？」

それがなぜ男性器の根元につけられているのだろう。

「ペニスリングというんだよ。見てごらん。この輪っかの留め金部分には、我がラインフェルド王国の紋章である獅子が模《かたど》られている。余が王であると分かるよう、王の証をここにつけている。我が国の騎士たちも、皆そこに家紋の入った輪っかを嵌めているんだよ。戦で首をはねられても、身体は家族の元に返れるように。家族が戦場に亡骸を探しに来たときに分かるように」

フェリーチェは驚いて目を丸くした。騎士たちにそんな秘された習わしがあったとは。

でも、なぜヴィンフリートも騎士のようにその証をつけているの？

軍神として自ら戦に出陣し、命を賭して戦ってきたヴィンフリート王だからこそ、騎士たちと同じように、自分と分かる証をつけているのではないのだろうか。

ヴィンフリートは、このラインフェルドの民を守るために病床の父王に代わって子供時代から先陣を切って戦ってきたという。

フェリーチェは、ついさっきまで王のその部分を凶悪で禍々しいと思ってしまったことを後悔した。

ヴィンフリートはこれまで数多《あまた》の戦いでこのラインフェルドを勝利に導いただけではなく、民のために朝から晩まで国政に務めているのだ。

せめて私がお仕えする夜の間だけでも王を癒してあげたい。

うまい技巧など知らない。でも心をこめれば気持ちいいと思ってもらえるのではないかしら。

フェリーチェは、神に捧《ささ》げるように両手で王の陰茎を持つと、張形で練習したように、太い茎の根元にそっと舌を這《は》わせた。

水晶《クリスタル》の無機質な張形を舐《な》めた感触とは全く違う。その表面は弾力があり、王から発せられる熱がじんと舌先に宿る。

舌をあてがったまま、肉竿の先までゆっくりとなぞってみる。

肉棒の表面は触れてみると、絹のように滑らかだ。でも薄皮の奥にある逞しい幹の存在がじかに伝わってくる。

――私はいま、神聖なる王自身を愛撫しているんだわ……。

昨日までは思いもよらなかったことだ。

心臓がとくりと甘く鳴く。私はどうしてしまったのだろう。

王の男らしい雄芯から発せられる熱が、自分の躰の奥にも飛び火してしまったようだ。

もう一度、根元から小さな舌を這わせて、太筋に沿って味わうように先端までなぞる。

力強い筋の感触がじかに伝わり、熱い飲み物を飲んだときのように、熱が喉から胃の奥にじんわりと降りていく。

亀頭の境目までゆっくりと這わせたところで舌をとめると、肉棒が魚のようにぴくんと跳ねた。

「っ、フェリーチェ……」

ヴィンフリートが軽く息を呑み、思いがけず熱っぽい声を漏らした。

「あの、気持ちよいでしょうか……」

「ああ、その小さな舌の感触はなかなかいい。だが、これではまだ物足りぬ」

物足りない……。

そう断言されフェリーチェの心が沈む。たぶん遠回しに下手だといわれているのだろう。

やはり自分には夜伽の荷が重すぎたのだろうか。どうしたら王をご満足させられるのだろう。

ヴィンフリートは、愛撫をとめ、まごついているフェリーチェをみて色香の漂う口元をふっと引き上げた。はらりと垂れた銀糸の髪を、耳にそっとかけてくれる。その思いがけず優しい仕草に、なぜか顔が熱くなる。

「……お前は何も分かっていない。いつまでもその可愛い舌でチロチロ舐められていては、気が狂いそうになる。この先の嵩《かさ》になった部分を口に含んで吸いながら、竿を手で扱《しご》くんだよ。こういうふうに」

ヴィンフリートはフェリーチェの片手を取ると陰茎にあてがい、くるむように握らせた。どくどくという脈動が伝わり、その幹がいっそう硬く隆起したように思える。

フェリーチェの華奢《きゃしゃ》な手では、太い幹をすべて包み込むことはできないが、ヴィンフリートに導かれるままに、肉竿を上下に扱く。

「そうだ。手はそのままで……、先の膨れたところを口に含め」

その声が妙に艶めいた色味を帯びていて、フェリーチェはそっと見上げてみた。

王は目を瞑り、フェリーチェの手淫のもたらす感触に浸っているようだ。

……もしかして、気持ちいい……？

フェリーチェは嬉しくなって、うるんで濡れている肉棒の先に顔を近づけた。

赤く膨れた亀頭の先には透明な雫がにじみ出している。刈り取ったばかりの芝のような青臭さが、雄の持つ独特な匂いのように感じられる。

太い幹よりも一回り大きな亀頭を精いっぱい口を開けて包み込む。つんと鼻の奥をつきぬける雄の匂いが、フェリーチェの喉を痺れさせた。

「はぁっ……」

大きく膨れた亀頭は弾力があり、小さな口腔をゆっくりといっぱいに満たしていく。口づけのときに挿入された舌とは違う、圧倒的な存在感。

「んっ、んくっ……」

時折、息を継ぎながら口に含んでは吸うようにしゃぶる。ぬめりを帯びて、しゃぶりやすくなるとさらにもう少し奥まで咥《くわ》えてみる。

「そなたの口の中はまるで蕩けそうなほど、気持ちがいいな」

思いがけずかけられた言葉に驚き、ヴィンフリートをまじまじと見る。その拍子に頬張っていたものが、ちゅぽんと音を立てて外れてしまう。

「……わざとしているのか？　悪い子だ」

ヴィンフリートがフェリーチェの顎に手をかけ顔を上げさせた。身体を屈めて唇に覆い被さると、舌と舌を淫らに絡め、先ほどまで亀頭を咥えていたフェリーチェの口腔を舌で味わう。

親密で背徳的なキス――。

二人の唇と唇を透明の糸がねっとりと絡み合い、たらたらと滴り落ちるほどの淫蕩《いんとう》な口づけに、どちらともなく艶めいたため息を零す。

「フェリーチェ、今のは上手にできた褒美だ。その調子で続けて口で愛撫してごらん」

「は、はい……」

フェリーチェは、今の口づけで頭の芯が蕩けたようになりながらも、こくりと頷いた。

はじめての拙い口淫でも、ヴィンフリートを気持ちよくできたことに嬉しくなる。

張形で練習したとおり、亀頭を吸ったり口に含んだりしながら夢中で出し入れを繰り返す。

先端の切れ込みからとろみのある雫が溢れ、フェリーチェの唾液と混じり合い、太棹を濡らす。

滑りの良くなった幹をぬちぬちと水音をたてながら扱くと、ますます硬く張り詰めた。

「――なかなかいいぞ。その調子だ……」

どこか興奮を抑えているような声に、ぞわりと下腹部がほの甘く疼く。

もっと気持ちよくなってほしい。

フェリーチェは、頬張っている雄の怒張を心を込めて丁寧に舌で愛撫する。

「っ……」

ヴィンフリートの腹に力が籠もり、堪えが効かないというように腰を浮かせると、僅《わず》かながら奥に突き入れた。口腔《こうくう》の奥まで、滾《たぎ》った亀頭に隙間なく埋められて苦しい。なのに触れている所から快感が走り抜けて意識が朦朧《もうろう》としてくる。

「んっ、んくっ……、ヴィン……さまっ……」

「どうだ、初めて雄をしゃぶった味は。もっと奥まで味わえ」

フェリーチェの銀の髪に指を差し入れると、ぐっと力を入れて頭を固定し、何度も腰を浅く前後する。亀頭のエラが口蓋を擦り、頭がくらくらするほど気持ちがいい。

「はっ……、ッる――」

官能的な吐息とともに、王は膨れた太棹を口内から引き摺り出した。

「――あっ」

思いがけない喪失感に、とっさに舌を伸ばしてその後を追う。直後、太棹がびくんと震え、フェリーチェの舌の上や顔に熱い飛沫が勢いよく迸《ほとばし》った。びゅっ、びゅっと肉竿を力強く震わせながら大量に撒き散らされる白濁に驚きながらも、少しも零さないようにフェリーチェはなんとか舌で受け止めようとする。

『――いいですか、王が快感を得ると白い精が放出されます。王の精は神聖なもの。一滴も零さぬようにすべてを口の中に受け止めるのですよ』

そう教わったのに、フェリーチェの舌では全部を受け止めきれずに、とろりとこぼれ落ちる。

ヴィンフリートは、ふぅっと熱いため息をつくと、フェリーチェを見て苦笑した。

「顔中に飛び散ってしまったな。なんだか神聖なお前を穢《けが》しているように思える。フェリーチェ。不味いから舌の上のものを吐き出していい。ほら」

そう言って、自らの手をフェリーチェの口に当てる。とはいえ、さすがに王の手に吐き出すなど恐れ多くてできるはずがない。舌で受け止めた精だけでも、無駄にしないように口の中に含むと、ゆっくりと嚥下《えんげ》する。

「……っ、にがっ……」

熱い粘液がどろりと喉を伝う。それだけでじんと疼くような熱が、下腹部に降りていく。高貴な雄から吐き出された苦味がみぞおちに伝わると、フェリーチェの脳がたちまち陶酔した。

束の間、うっとりと蕩けた目でヴィンフリートを見る。

「……、まったく、お前は……」

ヴィンフリートは、呆《あき》れたように呟き寝台を降りると、浴室から濡らした手巾を持って戻ってきた。フェリーチェの顔についた己の白濁を綺麗に拭き取っていく。

「あ、あの自分でできますっ」

王に手づから清められるということにはっとして、フェリーチェは手巾に手を伸ばす。するとヴィンフリートは、その手を押しとどめた。

「いいから。私がお前を清めたいのだ。じっとしていろ」

そう言われては、王に任せるしかない。

「あ、あの……」

「ん？　なんだ？」

「わ、私、ヴィンフリート様を満足させられましたでしょうか……」

もし王が満足できたのであれば、無事に初めての夜伽の務めを果たしたことになる。

たとえ、この身体に王を受け入れなくとも、王が精を迸ることができれば、その夜の伽は終わりだと教えられたのだ。

ことに堅物で夜の方面は淡泊だというヴィンフリート王に限っては、精を迸らせた後は、お疲れですぐにお休みになるはずだから、無理をさせてはいけないとカティヤ先生が言っていた。

王が心地よく休めるよう、気遣うようにと。

「初めてにしては、なかなか良かったぞ」

その言葉にほっとして、フェリーチェは、はにかみながら笑みを浮かべた。

「ありがとうございます。で、では、もう夜中ですから、ゆっくりとお休みくださいませ。もし、お邪魔なら私は隣の居間で控えていますから」

フェリーチェが寝台から降りようとすると、ぐいと腕を摑んで引き戻される。

ぱふんと寝台に沈みながら、王の顔を見上げると、瞳に妖しい光を灯して酷薄そうに笑っていた。

「おいおい、だれが一度の吐精で満足すると言った。なかなか良かったと言っただけだ。お前は私をたっぷりと味わったが、私はまだお前を味わっていないからな。これで終わりだと思うなよ」

「そんな、で、でもカティヤ先生が……」

「やれやれ、またカティヤ先生か。いったいカティヤ先生はなんと言ったんだ？　隠さずに言ってみろ」

王が呆れた声を出して、フェリーチェを覗き込んだ。

「お、王は、一度吐精すればご満足して、お疲れですぐにお休みになるはずだと。あの、王は、その、夜の性技には淡泊でいらっしゃるというお噂だからと」

フェリーチェのその答えにヴィンフリートは目を丸くして、口元を痙攣《ひきつ》らせた。

王である自分が、そんなふうに噂されていたとは……！

数ある見合いの話を断り、即位する前からも、朝から晩まで政務に追われていた。表向きは女っ気のないヴィンフリートしか見ていない臣下が言いふらしたのだろうが、そもそも夜の性技は濃厚なほうだ。

「ほう、それは初耳だ。まるで年のいった朴念仁《ぼくねんじん》のような言われようだな」

ヴィンフリートは苛立ちを抑えてフェリーチェの瞳を覗き込む。

なぜかフェリーチェに淡泊だと思われていたことが無性に腹だたしい。

「フェリーチェ、お前がその噂を正すがいい。夜の私は、少しも淡泊ではないんだよ」

「えっ？　そんな、待ってください。ひゃぁっ！」

ヴィンフリートはフェリーチェの薄衣に手をかけた。その胸元を留めているたった一つのリボンをシュルッと解くと、白い乳房がふるんと弾みでた。

第4章　本当の夜伽《よとぎ》

ひんやりした夜気にいきなり肌が晒《さら》される。

何の役にも立たないと思っていた薄衣《うすぎぬ》でも、隔たりがなくなると心もとない。

恐れと不安が溢れてきて、鼓動がどくどくと速まっていく。

「ヴィ、ヴィンフリートさ……、あっ」

ヴィンフリートが逃さないとでもいうように覆いかぶさり、その逞しい腕をまるで檻のようにしてフェリーチェを囲い込む。

男らしい体軀から伝わる熱に息苦しさを覚え、許しを請おうと見上げると、ぞくっとするような笑みを浮かべていた。

――これから何をするの？

王の精を迸らせ、満足させたら終わりじゃないの？

フェリーチェが身を固くすると、王の視線が誰にも見せたことのない無垢《むく》な乳房の上に注がれた。

「……ほう、思ったより大きい。ふっくらと盛り上がって張りもある。可愛らしい胸だ」

思いがけない讃辞に、恥ずかしさと嬉しさが混じり心が乱れてしまう。

「や、見ないでください……」

「そういうわけにはいかないよ」

隠そうとする手をヴィンフリートが有無を言わさず摑《つか》んで、寝台に抑え込む。

もう片方の手が乳房を無遠慮に覆い、自分の言葉を確かめるように揉《も》みしだいた。

「んっ……」

大きな掌から熱い体温が伝わり、えもいわれぬ甘い感覚が広がっていく。

自分で触れるのとは違う、遠慮のない男の欲望のまま揉みこまれ、乳房がこれまで見たことがないほど形を変える。

ふいに乳房のふくらみに唇が這う。初めての感覚に、ぴくんと肌が戦慄《わなな》いた。

「あっ……、やぁっ……」

――どうしてしまったの？

触れられたところが、灼《や》けつくように熱い。

じりじりと双丘のふくらみを辿りながら頂を目指す唇が、肌を優しく吸い上げる。

「――ふぁっ……、ん……っ」

もどかしさを我慢できず、自分の声とは思えない、むずかるような声をあげてしまう。

ちゅっ、ちゅっと甘く響く音が、フェリーチェの鼓膜を震わせた。王から与えられる淫らな感覚が、身体を芯から痺《しび》れさせていく。

なぜか心が高揚し、王の愛撫《あいぶ》がフェリーチェを今まで知らなかった官能の世界へと導いていくようだ。

乳房にふきかかる吐息が、揉みしだくその手が熱い。

男なら誰でもそうなのか、それとも軍神王と言われるほどの王だから、こんなにも焦《じ》れるように熱いのか。

力強く握られた乳房の頂が、誘うようにつんと尖る。

「フェリーチェ、気持ちよくなってきたか？　ほら、ここが濃い桃色に染まって——、ぷっくりと膨らんでいる」

「ここって——、ひゃっ……、ヴィン……さまっ」

その場所を教え込むように舌先でこりっと捏ねられ、ひくんと身体が跳ねた。

ぴりっとした甘い痺れが駆け抜け、鼻にかかったような、うっとりした声が漏れてしまう。

それに気を良くしたのか、あろうことか、頂を口の中にすっぽりと含みいれた。

——んっ、気持ちいい……。

「フェリーチェ、柔らかくてうまい。乳首がこりこりだ」

「あっ、そんな……、やぁっ……」

熱い口の中で唾液に絡ませ、ちゅうっと吸われ、ねろねろと転がされる。

身体がどうにかなってしまいそうだ。

甘い疼きが下腹に伝わり、腰がぴくぴくと勝手に揺らめきはじめてしまう。

「甘酸っぱいな。ここを味わうのは愉しみのひとつになりそうだ」

「あ、あ——」

左右の乳房をかわるがわる美味しそうに吸っている。

なぜか足の付け根がじんじんする。もどかしくて腰を捩じると、硬くて長いものにあたる。

——まさか、さっき吐精したばかりなのに、もう王は昂っているの？

それが王の雄茎だと分かると、火を吹いたように肌が熱くなる。

「もう、挿れてほしいのか？」

「ひぅん！」

逞しい昂ぶりが脚の付け根に擦りつけられ、一瞬息を呑む。

何かが目覚めたような、蕩けるような快感が走り抜け、脚のあわいに切ないような熱が灯る。

——いったい何が起こったの？

「フェリーチェ、そなたの口淫だけでは物足りない。今宵、そなたに本当の伽《とぎ》を教えてやろう」

「ほ、本当の伽？」

ヴィンフリートの瞳が妖しい光を帯びた。

「カティヤ先生とやらに習ったことは、夜伽のほんの一部にしか過ぎないんだよ。夜伽には、まだまだそなたの知らない続きがある」

「続きって、ひゃっ……」

ヴィンフリートがフェリーチェの脚を広げ片足を割り込ませてきた。

乳首を口に含み揉みしだきながら、もう片方の手は太腿《ふともも》を這いあがってくる。

なぜか身体の奥がぞわぞわする。今でさえおかしくなりそうなのに、私の知らない続きって、いったいこの先に何があるの？

「……っ――ん」

脚の付け根の淡い銀の繁みを指で撫でられた。

秘められた部分がひくんと反応し、ヴィンフリートがにやりと笑みをこぼす。

「フェリーチェ。そなた、だいぶ感じやすいな。和毛《にこげ》までもうこんなに蜜でぐっしょり濡れているぞ。奥はさぞ溢れているのだろうな？」

不浄の部分からとろりとした液体が零れて太ももに伝い落ちた。

――これは、なに？　なんで濡れているの？

自分の体内から、何か得体のしれない体液が溢れていることに困惑する。

カティヤ先生の授業では、王の夜伽で自分の身体がどう反応するかなどは教わらなかった。

王の愛撫には抗わずに横たわって身を任せ、王を気持ちよくすることに心を砕くようにと習ったのだ。

「……あっ」

露を含み、しっとりと濡れた和毛の感触を楽しんでいた指が、秘裂の上をなぞるように降りた。その奥にある窪みに滑るように入りこむ。

ぐちゅ……といやらしく音を立てて指を呑み込んだ。

ヴィンフリートが目を眇《すが》め、潜めていた雄の欲を全身から漂わせる。

「たっぷりと溢れている。ほら、聞こえるだろう？」

ごつごつした指先がぬかるんだ蜜口の浅瀬で蠢《うごめ》いた。指が動く度に、くちゅくちゅという水の弾ける音が、しんと静まり返った部屋の隅々にまで響き渡る。

「あ……、や、そんなふうにしないで……。そこ、だめ、ヴィン、さまっ……」

恥ずかしい部分をまるで音楽を奏でるように掻きまわされ、疼《うず》きとも痺れともつかない快感がじわりとせりあがってくる。

秘巫女《ひめみこ》である自分がこんなふうに感じるなんて、いけないことなのに。

魔法をかけられたように身体から力が抜け、なす術もなくヴィンフリートの指の動きに合わせて腰が踊ってしまう。

「淫らな音だ。お前の躰はよい音が鳴る。――では、味はどうかな」

いつの間にか脚を割り開かれ、ヴィンフリートが白い腿に口づけを落としながら、秘められた部分に顔を近づけていく。

「あ、だめ、やぁっ……」

——怖い。

思いもかけないことをされてしまいそうだ。

未知の恐ろしさにぎゅっと足を閉じようとしたのに、びくともしない。

これからヴィンフリートが花弁の奥に佇む快楽の芽を摘もうとしていることなど、フェリーチェには思いもよらないことだ。

なのにその躰は本能的にこれから起こるなにかを期待しているのか、蜜が奥からトロトロと溢《あふ》れてくる。まるで雄を誘《いざな》うように、濃厚でヴァニラのような甘い香りが寝台の中に漂った。

その蜜の匂いが、さらにヴィンフリートの欲望を煽《あお》ってるなどとは、思いもつかない。

王が太腿を押し開き、フェリーチェの無垢な花園をじっと見つめた。

「や、そんなところを見ないでください……」

自分でさえ、よく見たことがない部分を見られるなんて、消えてしまいたい。

なのに、潤んだ襞が存在を主張するようにひくりと震えて驚愕する。

「ほう、なんと綺麗《きれい》な花が咲いている。蜜が溢れてここの花びらがとろとろだよ、フェリーチェ」

王の声は嬉しげだ。

「今から存分に可愛がってやろう」

何をどう可愛がるのか……と思う間もなく、ヴィンフリートの頭が脚の間に沈む。

生温かくて肉づいた感触が、秘裂のあわいに差し込まれた。

「ひゃ……っ、あ……、あ……」

その途端、もどかしい快感がうねりを帯びて全身に広がっていく。

それが王の舌であるという衝撃と、これまで感じたことのない愉悦がフェリーチェを侵食する。

王は舌を大きくひらめかせ、淫唇をねっとりと舐《な》め上げた。

「――っ、ヴィンさまっ……」

「うん、温めた蜂蜜酒のように甘い。お前の味は癖になりそうだ」

蜜口から溢れ出る蜜を堪能し、舌がぬかるんだ襞の上をなんども行き来する。

「あ……、あ……、あ……」

フェリーチェのきつく閉じていた処女襞がほぐれ、ゆるやかに花拓く。舌がさらに深く沈み、襞の谷間に流れる蜜を丁寧に掬いながらぬるぬると蠢いた。

「やぁっ……、だめ、だめっ……。そんなところ、舐めちゃ、や……っん……」

「フェリーチェ、ここはとっておきの場所だ」

信じられない。

王が自ら不浄の場所を美味しそうに舐めている。

ぬるり、ぬるりと舌が這い回る感触に、堪らないほど興奮してしまう。

あまりの愉悦に、下肢が蕩けてしまいそうだ。

フェリーチェは我慢できずに、いやいやとかぶりを振り、んっ、んっ、と喘いだ。

なのにヴィンフリートは、甘えてねだっているように受け取ったのか、さらに大きく太腿を開き、花弁を満遍なく舌で嬲《なぶ》る。

「あぅっ……、ヴィン……さまっ……。や、だめ、なにか、きちゃう……」

膨れ上がる快感で、悶絶《もんぜつ》しそうになる。

淫蕩《いんとう》な熱が、とうに沸点に達し身体中が茹《ゆ》だっているようだ。

快感を送り込まれるたび蜜がじゅわりと溢れ、それをヴィンフリートがご馳走のように味わっている。

まるで、いつ終わるか分からない、無限の快楽に堕とされてしまったようで、逃れる術がない。

「ひぁぁあっ……」

つぷりという音を立てて、ごつごつした中指が蜜壺に差し込まれた。

思わず腰が浮きあがり、お尻がきゅっとしまる。

「ヴィン、さまっ……、やっ、お願い、抜いて……っ、怖い、あぁ……」

「いい子だ、フェリーチェ、怖くないからじっとして。ここを解さないと入らない」

宥《なだ》めるような優しい声にいくばくかの安堵《あんど》を感じたのも束《つか》の間、指を根元まで挿入され圧迫感と恐れで一杯になる。

息をつめていると、指がずるりと抜け、ほっと力が抜けた。

なのに、すぐにまた長い指がぐちゅりと蜜を溢れさせながら根元まで侵入する。

あろうことかフェリーチェの中で、粘膜を抉るようにぐちゅぐちゅと出し入れを始められた。

「ひ……、ひゃ、あ……、やぁっ……」

おかしくなってしまう。

媚肉をかき分け、秘裂の上の方を内側からこりっと刺激されるたびに、脳芯が蕩けるような快感が走り抜ける。

「ここがいいのか？　膣《ナカ》が柔らかくなってきた」

フェリーチェの媚態から何か感じ取ったのか、ヴィンフリートが嬉しさの滲《にじ》んだ声で聞く。

確かめるようにそこを指で撫《な》でられ、フェリーチェは、声も出せずに仰け反って喉をヒクつかせた。

いつの間にか何本か差し入れられた指が、ばらばらに蠢いて、フェリーチェの快楽を容《よう》赦《しゃ》なく煽る。

指が抜き差しされるたびに、快感が怖いくらいに膨れあがっていく。

「……、っねがい。ヴィン、さまっ――」

この甘い拷問から解放してほしくて、ヴィンフリートに縋り、甘えるようにすすり啼く。

「よしよし、そういうそなたの姿も可愛ゆらしいな。先に一度、達《い》かせてやろう」

ヴィンフリートが指を挿れたまま、もう片方の手で襞をくいっと開き、色づく秘玉を晒《さら》す。

「なんて綺麗な色だ。フェリーチェ、そなたは極上の勾玉を秘めているな」

何のことを言っているのか、よく分からなかった。

ヴィンフリートの舌が、剝き出しになった秘玉に触れる。まるで雷に打たれたような、これまでとは全く違う快楽が勢いよく流れ込んだ。

「やぁ、そこ、だめぇ……ッ――」

「何をいう、だめどころかこんなに物欲しそうに膨れてヒクついているのに」

なおもヌルついた舌で秘玉をつつかれると、甘い刺激がとめどなくこみあげて、息をするのもままならない。

下肢に全く力が入らず、これ以上はもう無理なほど、太腿が左右に拓かれた。

曝かれた秘処は、ヴィンフリートの意のままにされている。

淫唇をねっとりと舐め上げられ、舌先で小さな肉玉をこりこりと弄ぶ。

「ひゃ、んぁ……、ヴィンさ……」

フェリーチェは、むずかる子供のようにいやいやと銀の髪を打ちふるった。

「フェリーチェ、我慢するな。素直に体を預けてごらん」

そう言われてもどうしていいのか分からない。

肉厚な感触が、淫唇を大きくしゃぶる。舌で花襞をかき分け、ヒクつく秘玉を左右に転がしたり、擽《くすぐ》るようにつついたり、まるで快楽の宝玉を愛でているようだ。

この世にこんなに淫靡《いんび》な悦びがあったのか……。

フェリーチェの築き上げた小さな世界は、ヴィンフリートによって大きく塗り替えられる。

——狂おしくて、なんてもどかしいの。

淫らに腰をくねらせ、ときに強請《ねだ》るように腰を突き上げてしまう自分に狼狽《うろた》える。

こんなの、私じゃない。

これ以上、はしたない姿を晒しては、だめ——。

「そんなに、ぬるぬるさせちゃ、やぁっ……、は、ぁっ……、おかしく、なっちゃう……」

その声に答える代わりに、ふっと笑みをこぼしたような息が吹きかかり、ぞくりとする。

フェリーチェの懇願を聞き入れるつもりはないということだ。

膨れた秘玉を厚い唇が包み、きゅっと力をこめて窄《すぼ》まった。あえなく大きな悦楽が襲い、身体が引き攣ったように固まってしまう。

「く……ぅ、んっ、んぁ……——っ」

歯を食いしばって愉悦の波に呑まれないと耐えようとする。それでも鼻先から甘い息が漏れ、気が遠くなりそうになる。

フェリーチェの秘処は、蜜でぐしょぐしょで、尻孔の窄まりのほうまで濡れている。

敷き布まで蜜が染みわたるのも気にするふうもなく、ヴィンフリートは舌先をひらめかせてさらに快楽を送り込んでくる。

「……も、だめ、おかしく、なっちゃう――」

濃厚で淫靡《いんび》な蜜の香りが漂い、頭が朦朧《もうろう》とする。

自分が発している香りだとは、到底、思えない。

「堪らない……な、余をこんなにも酔わせるとは」

――なにをいっているの？

我を忘れてしまうほど甘美な愉悦を与えられ、酩酊してしまいそうなのは私のほうなのに……。

「や……、ヴィン……さま、も、許して……」

まるで拷問のような甘い苦しみから逃れたくて哀願する。

それでも意に介さず、包皮から剝けて敏感になった花芽に吸いついて、甘噛《あまが》みする。

王が淡泊などといったいだれが吹聴したのだろう。

フェリーチェの感じるところを丹念に、濃厚に愛撫され、無垢だった処女襞が歓喜にヒクついている。

淫らな行為に長けているとしか思えない。

舌の動きはとどまることを知らず、淫芽をこれでもかと弄ぶ。まともに息することさえも、儘《まま》ならない。

「はぁっ、ヴィンさまっ、何か、くるのっ……」

怖くてヴィンフリートに助けを求めるよう出たのは、甘い声。

王であれ、男にこんなふうに甘い声を出すなんて、想像だにしていなかった。神殿で厳格に育てられたとはいえ、男の欲望のもとでは、ただなすがまま、自分を差し出すことしか考えられない。

――花芯が熱く、甘く痺れている。

王の口淫に感じ入り、息を押し殺してそれが終わるのを待つ。

そうすれば、この甘い責め苦を逃せそうな気がして。

なのに長く伸ばされた舌が、フェリーチェのはち切れそうな秘玉に揺さぶりをかけてくる。

「も、だめ……、んぅ……、ぁぁ……、んっ」

すすり泣きを漏らしながら、嵐が通り過ぎるのを待つように、ただ身悶《もだ》えてこの愉悦が消えるのを願う。

「フェリーチェ、そんなに可愛い声で啼いて……。余の舌をそんなに気に入ったか？」

信じられないことを言う。

それでも早く解放してほしくて、こくこくと頷《うなず》くと、王は満足そうに喉を鳴らした。それが雌を服従させたときの雄の悦びのような唸りに感じられ、ぞくりと肌が粟立つ。

唾液と蜜に濡れた淫らな唇が、容赦なく敏感な肉粒をぎゅっと甘噛みした。

「──ひぁ、あぁあっ────」

目の前に閃光が弾け飛んだ。身体ががくがくと痙攣《けいれん》し、意識が高みに上りそのまま消えそうになる。

何が起こったのかさえ、分からない。

まだ小さく痙攣している身体をヴィンフリートが優しく包み、宥めるような言葉を呟いた。

「初めての絶頂はどうだ？　フェリーチェ、次からはもっと達《い》きやすくなる」

──信じられない。

また次があるなんて、とても安堵することなどできない。

はぁはぁと荒い息がなかなか収まらない。ヴィンフリートはそんなフェリーチェを抱きしめ、ときおり髪を梳き、やさしく口づけを落とす。

ようやく呼吸が楽になると、これで夜伽が終わったのかとほっとする。手足がぐったりとして、もうこれ以上動かせそうにない。

──次の瞬間。

くったりとした太腿を軽々と持ち上げられた。まだ先があるとでもいうように。

「ひゃ、な……、無理です。も、だめ……」

「フェリーチェ、夜伽を教えてやるといったろう？　これからが本当の夜伽だよ。ほら、これが分かるか？」

極めたばかりの敏感な秘所を王の肉棒がぬるりと滑る。

口で咥えた時よりも熱く滾り、がちがちに硬く勃起した雄芯が、重さと存在感を増している。

「フェリーチェ。夜伽とは、王に奉仕するだけではない。互いに淫らに絡み合い、そしてお前の中でのぼりつめる、それが余の夜伽だ。加減はしない。覚えておけ」

王が肉棒の根元を握り、甘蜜に塗れた淫唇にひたひたと太い幹をあてがった。

——っ。

熱くて、ずっしりとしている。

口に含んで愛撫したときとは違う。剝き出しの雄の欲望のような禍々しい形。

王が引き締まった腰を動かし始めた。

蜜を纏った肉棒の竿全体が、フェリーチェの花襞のあわいをぬるっ、ぬるっと扱くように動く。

鮮烈な甘い刺激を与えられ、淫唇が雄をもてなすようにひくひくと戦慄いている。

「あ、あんっ……、や、だめっ、そこ、ぬるぬるしちゃ」

「そんなことを言っても、ここは、ぬるぬるされるのを悦んでいるようだが？」

襞が肉棒を擦りつけられるたびに歓喜に蠢き、フェリーチェは、恥ずかしさに泣きそうになりながらヴィンフリートを見た。

ゆっくりと腰を前後させ、肉竿で花襞のやわらかな感触を堪能する王はとても気持ちよさそうだ。フェリーチェはその快楽に引き摺られまいと、身を硬くする。

「だめだ、フェリーチェ、力を抜け。できる限りやさしく挿《い》れてやろう、これはその前戯だ」

掠《かす》れた声が、ひどく雄の色香を感じさせ、どきんとする。

たっぷりと襞を行き来していた雄をぐいっと退《ひ》き、太腿をさらに大きく曝く。

ヴィンフリートが、己の楔のきっ先をフェリーチェの蜜口にあてがった。

ぬぷっという水音に、いよいよ王に身を捧げるという緊張がせり上がる。

王の楔は、あまりに太くて入りそうにない。それでも丹念にほぐしてもらったせいなのか、嵩の張った亀頭を蜜口がこぽりと柔らかく含み、奥に誘い込む。

くぷくぷという音をたてながら、隘路が押し拓かれていく。

「んっ、あ、あぁぁぁっ……」

ありえないほど、太い。大きな杭で貫かれているようだ。

ゆっくりと、だが確実に王の太茎がフェリーチェの奥に侵入しようとしている。

十分に濡れ、解されたというのに、それでも王の雄を受け入れるのには、狭い。

めりめりと襞が引き攣れるようだ。これ以上は、きっと裂けてしまう……。

「ヴィンさまっ……、あまりに大きくて、これ以上は……」

やっぱり、無理だ。私が選ばれたのは何かの間違いだ。私には、王を受け入れる素質は無い。

「お願い……っ。も、挿れないで……、私には、夜伽は無理です……んっ！」

「っ、フェリーチェ、そんなことはない。それに余を満足させるのはそなたしかいない」

ヴィンフリートが、これ以上勿体《もったい》つけるのは無駄だというように、ゆるぎなく一気に腰を進めてきた。

「ん……、ヴィン、さ……あぁっ！」

——奥に……っ、王の男根が入ってくる……。

へだたりを感じた瞬間、ぐいっと楔を押し込まれ、その反動でくっと頭が仰け反った。白い喉が衝撃にひくひくと打ち震える。

灼《や》けつくような痛みに声が出ない。

もうこれ以上は奥に挿れないでほしい。なのにヴィンフリートは長い太茎の根元まで埋《うず》めようとしている。

「くっ、……リーチェ、こんなに強く締め上げて……。男を知らぬのに、いけない子だ。少し我慢しろ」

熱く膨れた亀頭が、フェリーチェの子宮口を求め、そしてぐいと突き上げた。

「あぅっ……」

まるで王の心臓が胎内に埋め込まれたようだ。王の熱杭がどくどくと膣《ナカ》で力強く脈打っている。

痛みよりも、じぃんとした痺れがせり上がり、しばらくすると蕩けるような感覚が広まった。

強張っていた身体からゆっくりと力が抜けていく。

フェリーチェは、ほっとして涙の滲む目で見上げると、ヴィンフリートがあやすようにちゅっと唇を食んだ。

「よしよし。痛みが引いたか。ほら、無理じゃなかっただろう？ 見てごらん、根元まで挿入《はい》っているぞ」

言われて目をやると、ヴィンフリートの臍の下のほうの濃い繁みがフェリーチェの性器と結合し、密着している。

――王の雄が、私の中に……。

ひどく淫らに繋がっている。

これが王が言った本当の夜伽なのだと思い知り、これからさらに神聖な儀式がはじまるような予感が頭をよぎる。

「ひゃ、……っん」

ヴィンフリートが、中にいる自分の存在を誇示するように腰を軽く回す。

――り、リングが、あたって……。

雄茎の根元に嵌め込まれている王の純金のペニスリング。

その留め金部分の獅子の紋章が、フェリーチェのふくれて敏感になった蕾にちょうどあたっている。

蜜洞の奥深くまで熱い肉杭を埋められ、同時に極めたばかりの秘玉をリングの突起で刺激され、甘い責め苦でいっぱいになる。

——もどかしい。

自分でもなぜだかよく分からない。媚肉がひとりでに物欲しそうに震えてしまう。

王がゆっくりと己を馴染《なじ》ませるように腰を振る。

「くぅ……、ふっ、っん、んっ……」

甘く惑わすような腰の動きに、子宮が雄茎を咥えこんだまま、きゅんと収斂《しゅうれん》した。

「っ、可愛い顔をして、男を誘う淫らな躰だ。これはどうだ？」

ヴィンフリートが雄茎をずるりと引き抜き、そして突き上げた。

「ふぁっ……ん」

お腹の奥を膨れた亀頭でずんっと押し上げられ、鮮烈な喜悦が脳芯を揺さぶる。

王の楔は蜜壺の中でいっそう質量を増したようだ。

「……リーチェ、お前の中がうねって余を欲しがってる。こんなに絡みついて、悪い子だ」

ずちゅ、ずちゅっと蜜壁をこするように穿《うが》たれ、肉槍の感触が生々しく刻み込まれていく。

——ああ、熱い。

肉棒がさらに硬くなり、フェリーチェの中で反り返り、媚肉を甘く刺激する。

「ん？　どうだ？　ここは気持ちよいか？」

突かれるたびに、鼻や喉から甘い喘《あえ》ぎがとめどなく零れ出てしまう。

——どこもかしこも気持がよくて……。

「はっ、うぅん……、ヴィンさまっ、もっと、奥……っ、あぁっ、気持ち、い……っ」

亀頭のエラが子宮口をごりっと擦る。その度に、のたうつような甘い痺れが駆け抜けた。

どこまで気持ちよくなってしまうのか——。まるで際限がない。

秘巫女に選ばれたからなのだろうか。それとも長く神殿で育てられたからなのだろうか。

ただの男ではない、神とも崇められる神聖な王の逞しい楔で、自分が満たされる悦び。

畏《おそ》れ多くも王であるヴィンフリートの淫形にたっぷりと馴染《なじ》まされ、蜜襞が歓喜にさざめき立っている。

「フェリーチェ、そなたはなんと淫らな巫女だ。そんなに余のものが悦《い》いのか。もっともっと奥を突いてやろう」

「ひゃ、あん、……んっ、あ……激し……、ああっ……」

王がフェリーチェに覆いかぶさり、引き締まった尻を前後に揺さぶり猛然と腰を揮い始めた。

「く……、余の方が先に果ててしまいそうだ」

雁首まで引き抜かれ、太茎の根元まで穿たれる。

ずちゅ、ずちゅと淫らな音を立てて出し入れされるたび、柔肉が甘く戦慄《わなな》いて、よりいっそう剛直を締め付ける。

目の眩《くら》むような愉悦が襲い、心も身体もとろとろに蕩《と》けてしまいそうだ。際限のない快楽に、そら恐ろしささえ感じてしまう。自分が底なしに堕ちていきそうで怖くなり、ヴィンフリートを求めて震える手を彷徨《さまよ》わせた。

その手をヴィンフリートがぎゅっと摑み取る。

「いい子だ、フェリーチェ。ちゃんと摑まえている。そなた一人を快楽に堕としたりはせぬぞ」

指をぎゅっと絡められ、優しく降りてきた口づけとともに、抽挿が激しさを増す。

「……はっ……っ」

口づけの合間に吐かれるヴィンフリートの息も、フェリーチェと同じぐらい荒く乱れている。

さらに腰の動きを速めてきた。

「やぁっ……、っ、……ん、あぁ……んっ」

「……っリーチェ、く……、キツく、締まる――」

口づけを深められ、奥を突かれるたびに新たに愉悦が生まれて、抑えが効かない。

二人の熱い吐息と、激しい水音に支配される。

想像していた夜伽とは、全く違う。

貪欲に絡みあい、求め合う――。

これが、王の、ヴィンフリートの夜伽。

「くっ、リーチェ、受け止めろ……っ」

ずんっと、最奥を突かれ、亀頭が子宮口にめり込んだ。その瞬間、ヴィンフリートが呻《うめ》きながら腰を突き出し、背をぐっとしならせる。

肉筒がどくっ、どくっと脈動しながら、滾る飛沫《しぶき》を奔流のように流しこんでいく。

「ああっ、あああぁ……っ」

とめどなく放出される王の精が熱となり子宮全体を侵食し、頭が真っ白になる。

「……リーチェ、こうして再び出会えるのを待っていた。もう離さない。私の乙女」

――王が何を言っているのか、もう考えることができなかった。

ただ、流れ込む王の熱さを感じながら、フェリーチェの意識は恍惚《こうこつ》に呑み込まれていった。


「ようやく我が手に戻ったな。フェリーチェ……」

ヴィンフリートは、初めての性交ですっかり疲れ切って寝息を立てているフェリーチェの額にそっと唇を寄せた。

フェリーチェが、今、こうして自分の腕の中にいることが、やはり神の計らいであったのかと思わずにいられない。

――自分を底なしの沼から救ってくれた少女。

腕の中のぬくもりを愛しく思いながら、ヴィンフリートは抱きしめる手に力を込めた。

あどけない柔らかな寝息が心地よく耳を擽《くすぐ》る。

時は満ちたのだ。ようやく我がものにしたからには、ずっと傍に置いておきたい。

また出会えることができたのだから。

――私の運命の乙女に。

ヴィンフリートは、ふっと目を細めると、自分の掌《てのひら》を目の前に掲げた。

あのときフェリーチェがいなければ、きっと今の自分はなかっただろう。

ヴィンフリートは自分の手をじっと見つめると、瞼《まぶた》を閉じてフェリーチェとの出会いに思いを馳せた。

＊…＊…＊

「――王子、ヴィンフリート王子様。どうかこれ以上は。手が擦り切れて血が滲《にじ》んでおりますゆえ」

ヴィンフリートは侍従に懇願され、はっとして水桶に浸した自分の手を見てぎょっとした。いつの間にかその手にかなりの血が滲んでいる。どんなに洗っても、べっとりとした血糊《ちのり》の感触が消えてなくならない。

ちょうどひと月まえのこと。

ヴィンフリートは、たった十二歳で病床にいる父の代わりに出陣し、見事、勝利を納めて帰還した。

少年のヴィンフリートが将帥《しょうすい》として兵を従え、無傷で勝利を手に入れたのは、この国始まって以来の快挙だった。帰還したヴィンフリートを誰もが畏敬の念をもって褒め讃えた。

だが、初めての戦はヴィフリートの心に見えない深い傷を残していた。

初陣から戻ってきてからというもの、毎夜のように悪夢にうなされている。

我が国を恣《ほしいまま》に搾取していた近隣諸国からようやく国土を取り戻すことができたのだ。臣下や国民は戦勝に沸き立っている。

ヴィンフリートも自らの功績を喜んでいいはずなのに、一人になると戦場に響き渡る断末魔の叫びが、ヴィンフリートを毎夜のように責め苛《さいな》んでくる。

悪夢にうなされ、はっとして目を覚ますと、自分の両手が血糊でべっとりと汚れているような気がして、声にならない悲鳴をあげる。

洗っても洗っても、その感覚を拭い落とすことはできない。

もともとヴィンフリートは、小さな虫も殺せぬような性格だ。そこには小さいけれど命が宿っていると思うからだ。

だが、戦場では襲い来る敵を容赦なく殺めなければいけなかった。そうしなければ、自分が、ひいては自国の民が死ぬことになる。

——これは、その代償だ。たくさんの兵士を殺めた自分への。

その感触が消えてなくならない。

ヴィンフリートは戦勝に沸き立つ臣下らとは対照的に、ふさぎ込むことが多くなった。

誰もかれもが、ヴィンフリートに戦の勝利の祝いを述べる。その仮面の裏で、人殺しとあざ笑っているかのように思えて、祝いの言葉など聞きたくなかった。

なるべく誰にも会いたくない。一人になりたかった。

「夕食の前に少し散歩に出る。誰もついてくるな」

小姓にそう言い残すと、ヴィンフリートは城の庭園にでて、敷地内にある神殿に向かって足を進めた。神殿には、この国の女神が生まれたという伝説の泉がある。

その清らかな泉の水で手を洗えば、もしかしたら……。


すでに日は傾き、柔らかな夕焼けがあたりの景色を淡い茜色に染めている。

神殿のはずれにある伝説の泉のほとりに来ると、その泉は、透きとおった青紫《アメジスト》の水を湛えていた。

ここで手を洗えば、気味の悪い感触が消えてなくなるかもしれない。

ヴィンフリートは期待を込めて、泉の水に手を浸した。泉の中でたっぷりと手を泳がせてから、引き上げてみる。だが、やはり、そのべっとりとした感覚は消えてはくれなかった。

神殿の中にある聖なる泉の水をもってしても消えないのだ。

「くそ、くそ、くそっ！」

ヴィンフリートは、泉の水面に自分の手をバシャバシャと打ち付けると、いつの間にか涙が溢れていた。これから一生、見えない血糊で汚れた手と共に生きていかなければいけないのかと思い、絶望に身を震わせる。

臣下の前では弱みを見せられない。ましてや病床の父にも相談することなどできない。こんなとき、母親がいれば違うのだろうか。

ヴィンフリートは自分を生んですぐに亡くなった母を恋しく思った。母の優しい慰めが欲しかった。

このまま、戦に出陣し続けていたらきっと自分は壊れてしまうだろうと思う。この手が毒手《どくしゅ》となって自分の心を蝕んでいくのだ。

ヴィンフリートは溢れる涙を手で拭うが、拭っても拭っても、とめどなく溢れて泉の水面にぽたぽたと零れ落ち、波紋が広がっていく。

感情を抑えることのできぬまま、泉のほとりに蹲《うずくま》って嗚咽を漏らしていると、背後でパキンと小枝を踏みつける音が響いた。

「誰だっ！」

ヴィンフリートはとっさに腰に下げている短剣を引き抜いた。後ろを振り返ると、そこには小さな女の子がいた。女の子は銀の髪をゆるやかな風に靡《なび》かせながら、おずおずとヴィンフリートに近づいてきた。

「あのね、泣き声が聞こえたの。お兄ちゃん、泣いていたの？」

ヴィンフリートはほっとして短剣を鞘に納めると、この小さな女の子に泣いている所を見られたのを気恥ずかしく思い、虚勢を張る。

「泣いていた――？　この俺が？　泣いていたように見えるか？」

バカバカしいと笑おうとしたのに、女の子の何もかも見透かすような目でじっと見つめられ、ヴィンフリートは笑い飛ばすことができなかった。

「うん、だって、なんだかすごく……悲しそうね」

女の子の小さな手がヴィンフリートの手をそっと握りしめた。か弱い小さな手なのに、あたたかい温もりが身体に流れ込んできて心地よかった。だがヴィンフリートはその手を振りほどこうとした。

「触らない方がいい、俺の手は汚れている」

「どうして？　汚れてなんかないよ。ほら」

女の子は、にっこりと笑うとヴィンフリートの手を大事そうに自分の頬っぺたにあてがった。

その瞬間、ヴィンフリートは衝撃を受ける。

やわらかな頬。

泉の水で洗ってもぬぐい切れなかった血どろの感触が、この少女の頬にあてられた瞬間、なぜかすぅっと浄化されていく気がした。

——そんなはずはない。

ヴィンフリートは、慌てて少女から手を振りほどいた。

「やめた方がいい。この手は、この前の戦で大勢の人を殺したんだ。ほら、怖いだろう？」

少女は怖がって逃げていくだろう。そう思って少女の前に掌を差し出した。

なのに怖がる素振りもなく、差し出された掌をじっと観察する。

「ううん、怖くないよ。だってお兄ちゃんが、この国をまもってくれたんだから」

少女はまたヴィンフリートの両方の掌をとると、おまじないのように頬ずりをした。

「はい。これでもう大丈夫」

まるで擦り傷をつけた子供をあやすように、ヴィンフリートの掌をぽんぽんと軽くたたくと、今度は泉のほとりに咲いているシロツメクサの花を摘みはじめた。

ヴィンフリートは衝撃をうけたまま、呆然《ぼうぜん》とその場に立ち尽くした。

少女に頬ずりされた掌をじっと見る。

——うそだろう。

……浄化されている。

あんなに洗っても洗ってもべっとりとした血糊の感触が纏《まと》わりついて消えなかったというのに。

それが、ただの手に戻っている。穢れのない、ただの手に。

ヴィンフリートは、熱心にシロツメクサを摘んで花冠を作っている少女を食い入るように見た。

――いったい何者なんだ。この少女は。

服装を見ると洗いざらしの木綿の衣を着ている。神殿に住んでいるのだろうか？

少女は、シロツメクサで花冠を作り終わると、満足してそれを自分の頭にのせた。

そのとき、六の刻を告げる神殿の鐘が鳴った。

「あっ！　もう夜ご飯のじかんだ。お兄ちゃん、またね！」

少女は、慌てながら子犬のように神殿の奥にかけていった。


そのあとも、戦から戻るたびにヴィンフリートはこの少女を探して泉のほとりに来た。

少女は決まって、夕食前の日が落ちる寸前に、この泉のほとりでひとりで遊んでいる。

他に一緒に遊ぶ子供たちはいないのだろうか？

ヴィンフリートは、すでに初陣のときのように、悪夢に苛まれることはなかったが、少女の頬に手をあてがい頬ずりしてもらうと、手だけではなく心までも浄化される気がした。

この少女といると気持ちがとても和む。

ヴィンフリートは泉のほとりに寝転がると、少女はシロツメクサの花冠をつくってヴィンフリートの頭にものせ、にこにこと笑っている。

「お前――。名はなんという？」

ヴィンフリートは、何度かこの少女と時間を共にするうちに、自分の傍に置いておきたくなった。この少女といるとき、自分は素のままでいられる。

いつも傍に置いておけるよう、この子がもう少し大きくなったら自分付の小間使いにでもしようかと考える。

「わたし？　わたしのおなまえは、フェリーチェ」

「いくつだ？」

「え、と、たぶん四歳か五歳」

「おまえは神殿に住んでいるのか？　親の名は？」

フェリーチェは立て続けの質問にちょっと戸惑った様子で、小首を傾げた。

「んーっと、わたしは、ひろわれっこなの。みんながそう言ってた。拾われっこのフェリーチェって。おまえは一生しんかんみならいだって。しんかんみならい、ってなぁに？」

それを聞いてヴィンフリートの心は痛んだ。この少女は孤児なのだ。神殿に仕える者は、貴族の子女が多い。だからみなし子のこの少女とは遊ばないのだろう。

自分を救ってくれたこの少女が、鼻持ちならない貴族の子女の中で、肩身の狭い思いをしていると思うといたたまれない気持ちになる。

そのとき、ヴィンフリートはある思いがぱっと浮かんだ。

「フェリーチェ、お前は神官見習いなどには、ならないよ。妃になるんだ。大きくなったら俺の妃にしてあげる。そうして皆を見返してやろう。でも、まだ誰にも言ってはいけないよ」

そう口に出してから、ヴィンフリートは本当にこの少女を自分の妃にすることが、いい思い付きだと考えた。それは兄のような庇護欲だったかもしれない。フェリーチェもまだ幼い少女だ。

だが、自分を救ってくれたこの少女に恩返しがしたかった。この子を守るために、今のうちに召し上げて、未来の妃として育てるのも悪くない。みなし子ならば、引き取るのも簡単だろう。

「きさき？　おにいちゃんの？」

キョトンとした顔がこの上なく愛らしい。きっと、この少女は将来、美しくなるだろう。

「そうだよ、フェリーチェ。約束する。きっとお前を俺の妃にしよう。ほら、手を出してごらん」

ヴィンフリートは、シロツメクサをひとつ摘むと、茎を輪っかにして指輪を作る。

「約束の指輪だよ」

小さな指に嵌《は》めてやると、フェリーチェは、嬉しそうにシロツメクサの指輪を見つめている。

まだ幼いフェリーチェには、妃が何なのかは、分かっていないようだ。

「お前が大きくなったら俺のお嫁さんにするから。約束する」

ヴィンフリートはフェリーチェの額に口づけをした。この可愛らしい少女を将来、自分の妃にする。それまで側に置いて、兄のように甘やかしてやろう。そう思うと、幸せな気分になった。


その夜、ヴィンフリートは、大神官に会いに神殿に向かった。

突然の王子の来訪に大神官のバルタザールは驚き、うやうやしく拝礼する。

「これはこれは、ヴィンフリート殿下、ご用事とあらば、お呼びくだされば参上しましたものを」

「バルタザール、面《おもて》を上げよ。お前に内々に聞きたいことがあったんだ。フェリーチェという女の子を知っているか？　銀の髪をした子だ」

途端にバルタザールが怪訝《けげん》な目を向けた。

「……むろん、存じております。あの子が赤子の時に神殿に捨てられていたのを拾ったのは私です。ですが、なぜ、フェリーチェのことを？」

「ああ、偶然、泉のほとりで何度か見かけた。親がなくては、貴族の子女の多い神殿にいるのも辛いだろう。だからあの子を俺の傍においてて小間使いにしようと思う」

ゆくゆくは妃にするつもりだと言うのは避けた。身分が違うといって反対されるのがおちだからだ。

「なるほど、ヴィンフリート様はフェリーチェをお気に召されたのですね。確かにあの銀の髪は珍しい。ですが、殿下。傍に置くというのはあの子の命を預かるということですよ。今のあなた様にそれが可能ですか？」

「命を？」

　バルタザールの真剣な目に射抜かれて、ヴィンフリートはどきりとした。なぜ小間使いにすることが、そんなに大それた話になるのだろう。

「殿下。あなた様の行動はすべて、我が国のみならず、諸外国も注視しております。特に、近隣諸国を武力で抑えつけたからには、諸外国はあなたの力に恐れをなし、あなたの弱みを握ろうとすることでしょう。むろん、刺客も放たれているのはお分かりのはず。あなた様へ提供する食事は何人もの毒見をすり抜けたものばかり。そんな中、あなたが自らの意思で一人の少女を傍に置く。それが何を意味するかお分かりですか？　きっと未来の側室になると考えるでしょう。そして今のうちから利用しようと考える。もしくは、フェリーチェを人質にあなたを脅すかもしれない」

　ヴィンフリートはその考えに頭をがつんと殴られたような気がした。

　そこまで深く考えていなかったのだ。

「殿下にそのお覚悟があるのであれば、明日にでもフェリーチェを傍に召し上げますが？」

　推し量るような眼差しを向けられ、ヴィンフリートはぎゅっと唇を噛みしめた。

　今の自分にフェリーチェを守る力はない。

　自分が戦で不在の時には誰が守るというのか。実際、今は父のこと、国のこと、戦のことで手いっぱいだ。一日中フェリーチェのそばに貼りついていることもできない。

あの純真な少女が、自分のせいで命を落とすなど、あってはならない。

偉そうにバルタザールに少女を傍に置くと言ったにもかかわらず、自分のふがいなさに拳をぐっと握りしめた。

すると、それが賢い王子の答えだと受け取ったバルタザールは、ふと眼差しを緩めた。

「ヴィンフリート様、いまはその時ではないということです。もしもフェリーチェがあなたの傍にいる運命ならば、きっと神がまたフェリーチェと引き合わせてくれるでしょう。時が満ちれば必ず」

それがヴィンフリートを諦めさせようとして言ったことなのかは分からない。

「バルタザール、運命というものをお前は信じるのか？」

「はい、ですが、運命をどのように導くのかもあなた様次第」

──フェリーチェを生かすも殺すも俺次第、ということか……。

ヴィンフリートは、ひとつ大きくため息を吐いた。

「バルタザール、では、その運命のときが来るまでお前にフェリーチェを預ける。大切に守れ。次にフェリーチェと会うことができたなら、その時は、必ず我が傍におく」

「は、御意にございます……。すべて殿下の御心のままに」

ヴィンフリートは、過去の夢から覚めるように、閉じていた目をうっすらとあけた。

ゆっくりと手を降ろし、その手でフェリーチェの頬を包む。

あのときと変わらない、柔らかな頬。

――バルタザールはこうなることを予見していたのだろうか。

まさか秘巫女となったフェリーチェと、再び出会えるとは思いもよらなかった。

バルタザールからは、即位の儀式の後、王の寝殿に秘巫女が控えているとしか聞いていなかったのだ。

フェリーチェと再会した瞬間、運命という稲妻に打たれたような気がした。

「なのに、お前はすっかり俺を忘れているとはね」

ヴィンフリートの心の中で、ずっと無邪気に微笑んでいた稚《いとけな》き少女。それを今宵手折り、自分と深い絆を結ばせた。

泉のほとりで一目見るなり、乙女の純潔を奪ったという初代王も、こんな気持ちだったのだろうか。――なぜだろう？　なぜか、初代王の気持ちが手に取るように分かる。

可愛いフェリーチェ……。

天蓋の中に漂う、男と女の交わりの残り香にヴィンフリートのものがまた硬くなり、苦笑する。

少女だった時とは違う。兄のような庇護欲とは全く違う淫欲が、ヴィンフリートの心を支配する。

雄としての独占欲。渇望。

フェリーチェの柔らかな肢体、甘いすすり泣きが、ヴィンフリートをただの雄として目覚めさせ、生まれて初めて狂わせた。

側に置くからには、彼女を守らなければならない。そして今の自分にはそれができる。

ヴィンフリートは、ひゅっと風を切るような無音の指笛を吹いた。

「……お呼びでしょうか？」

寝台の天蓋から垂れるヴェールの向こうに、音もなく人影が現れて揺らめいた。

「お前のことだ、どうせ近くで様子を窺っていたのだろう」

ヴィンフリートが憮然《ぶぜん》と言うと、その人影がゆらりと肩を震わせた。

「ふ、いやだなぁ――。それも仕事のうちですよ。仕事。これでも、王の……お邪魔をしないようにあちらの部屋にいましたから」

「ふん。まぁ、よい。新たな仕事だ。これから当分の間、フェリーチェを守れ。お前の正体を誰にも気取《けど》られぬように。フェリーチェにも」

するとその人影の雰囲気が一瞬で、ぴりりとしたものになった。

「――なるほど。王はよほどその乙女に魂を射抜かれたらしい。ですが、私は王ご自身を守るのが役目です。それ以外は、眼中にありません」

「フェリーチェは私の運命も同然だ。だから、お前に命じる」

「ええっ、それは反則ですよ。運命とか言っちゃいます？　しかたないなぁ。でも、フェリーチェ様が王に害をなすようなら、僕は容赦《ようしゃ》しませんよ」

「そうなったら、私がお前を殺す」

「おお、こわっ。声がマジですよ。もうやだなぁ。分かりましたよ。ちゃんとお守りします」

その人影は大仰にお辞儀をする。

「ならば、よい。さっさと消えろ」

「――まったくもう。自分で呼んどいて消えろって酷いなぁ。じゃあ、またあっちの部屋で控えてますね」

「いらぬ、下がれ」

「あ――、もしかしてその様子だと、もう一戦交えるつもりですか。ほどほどにしてくださいね。なにしろ、明日には和平の印が到着されますから、寝不足ではだめですよ。何事も第一印象が大切ですからね」

その人影は、肩を竦めるとすっと風のようにいなくなった。

――やれやれ。

あんな奴だが、その実力には誰もかなわない。フェリーチェを守るのにはうってつけだ。王とて、秘巫女とは夜にしか会えない決まりだ。

フェリーチェをいつも側に置いておくことができないのだ。

それに明日は、いよいよ和平の印として献上された姫が到着する。

――絶世の美姫として名高い、ドーラント王国のルドミラ王女。

彼女を我が妃として婚約の儀を行うために来国する。

ヴィンフリートは、口元を引きあげてくっくっと笑うと、腕の中で小さく身じろぎをしたフェリーチェに甘い口づけをした。

「フェリーチェ、可哀そうだが、そなたとの夜伽も妃を迎えるまでの間だけだ。だが――」

最後の言葉を咀嚼《そしゃく》するように呑み込むと、飢えたようにフェリーチェに覆いかぶさった。

「……ん、ヴィン、さま……？」

「フェリーチェ、もう一度、抱きたい。お前が欲しくて堪らない」

――いまは溺れていたい。フェリーチェの甘い蜜の海に。

ヴィンフリートは硬くなった雄をフェリーチェの蜜の中にゆっくりと沈み込ませた。

「んっ……、ぁっ……」

「よしよし、いい子だ。今度は優しく抱いてやろう」

フェリーチェの夢うつつの甘い吐息に、ヴィンフリートの雄芯が熱く滾《たぎ》る。

太い肉棒をフェリーチェの中を蕩かすように奥深くまで侵入させる。

「ああ、たまらない……、可愛いフェリーチェ」

ふたたび寝台のヴェールの中の空気が熱を孕《はら》み、淫猥《いんわい》な水音がさざめき渡る。

ヴィンフリートの激しい欲望が、とどまることなく夜明けまでフェリーチェを翻弄した。

明け方になり、ようやくヴィンフリートも満足したようだ。

何度も放たれた王の濃厚な精の香が、まるで眠り香のように疲れ切ったフェリーチェを深い夢の中に誘《いざな》っていった。

第5章　王の贈り物と王女

「ん、いったた……」

翌朝――。

だいぶ明るくなってからフェリーチェは目を覚ました。なぜか体中の筋肉がきしきしと痛んで悲鳴をあげている。

それに、なぜこんなに豪華な天蓋付の広い寝台にいるのかしら……。

すると、自分のものでない香りがふわりと鼻を掠《かす》めて、どきっとする。

体に残る王の匂い。

そろそろと上半身を起こすと、足の付け根から王が放った精の残滓《ざんし》がこぽりと溢《あふ》れ、ヴィンフリートとの性交の記憶が生々しく蘇り、全身が熱くなる。

――私は王に抱かれたのだ……。

腰を穿《うが》つ度に漏れるヴィンフリートの荒い息。フェリーチェの肌に重ねられた熱くて強靭な肉体。そそり勃つ雄で何度も貫かれ、生まれて初めての快楽を刻み込まれた。

そのどれもが、秘巫女《ひめみこ》として想像だにしていなかったことだ。淫らにも痴態を晒《さら》してしまったことが恥ずかしい。

フェリーチェは、自分を守るようにぎゅっと抱きしめた。

秘巫女に選ばれたことも、王の逞しい身体に抱かれたことも夢ではないの?

『——これが、余の夜伽《よとぎ》だ』

まるで夜伽というものを知らなかったフェリーチェに、男の欲望を教え込むように激しく抱かれた記憶が蘇る。

ヴィンフリートの太く長い性器が、まだ自分の中に埋め込まれているような気がして、フェリーチェはお尻をもぞもぞさせた。

初めての夜伽を経験した今となっては、カティヤ女神官《にょしんかん》が恨めしい。

教えられたのは王への奉仕ばかりで、王が秘巫女の身体を弄び、あまつさえ貪るように求めるとは一切習ってこなかったからだ。

——そういえばミュリエルたちは、実家でも夜伽の手ほどきを受けていると鼻高に言っていた。他の貴族子女たちもそうなのだろう。実家の威信をかけて娘に特別な教育係をつけ、夜伽の手ほどきを授けていたのかもしれない。

だとすれば、夜伽について何も知らなかったのは、神殿で育った私だけ……?

もともとフェリーチェは、外界と隔離され神殿でずっと育ってきた。だから男と女がどのように睦みあうかの知識は全くなかった。でも、それをいうならカティヤ女神官もそうなのだ。

「もうもう、カティヤ先生のばかぁっ」

フェリーチェは、絹の枕を思い切り寝台に投げつけた。

なにも知らなかった自分に可笑しさが込み上げる。

ぱふんとまた寝台にうつぶせになると、そこはひんやりとしてすでに王のぬくもりはない。

いつの間に寝台を出られたのだろう。王はよくお休みになれたのだろうか？

夜明け前に、甘い声でねだるようにまた抱かせてほしいと囁いたのは、あれは本当にヴィンフリートだったのだろうか。

二度目は、フェリーチェの身体を気遣うように、この上なく、甘く優しく抱かれたような気がする。

まるで愛し合う恋人同士のように。

でも、それはフェリーチェの見た夢だったのかもしれない。

「――フェリーチェ様、お目覚めですか？」

その声に、はっとして顔を上げる。

ヴェールの向こうに小柄な人影があった。

まるで人の気配がしなかった。いったい、いつからそこにいたのだろうか。

「もしお目覚めなら、湯殿の用意ができてますよ。枕元に用意したガウンを着てください」

言われてみると確かにガウンがある。フェリーチェは急いで袖を通すと、鈍い痛みを我慢して、寝台のヴェールから出た。

するとテーブルの上に朝食を用意している少年がいる。年のころは、十二、三歳くらいだろうか。

「あの、あなたは……？」

「あ、僕、今日からフェリーチェ様の身の回りのお世話をさせていただきますカルヴィンといいます。カルと呼んでください」

少年は、にこにこと人懐っこい笑顔をフェリーチェに向けた。

「あ、の、ラレス女神官は？」

「ラレス様は、もともと高位の女神官様ですから、神殿のお務めがあるんですよ。殆《ほとん》どは、僕か小間使いの女官がフェリーチェ様のお傍にいると思います」

フェリーチェは、ほっと心が軽くなった。なぜかラレス女神官に、ヴィンフリートの痕跡の色濃く残る自分を見られることに、居心地が悪いような気がした。

「ありがとう、じゃあ、カルって呼ばせてね」

「どうぞ、遠慮なく。それに僕は、ヴィンフリート様の小姓でしたから。王のことも……昨夜のこともよく知っているので」

「えっ？」

昨夜のことも？

フェリーチェは、カルの言葉にどきっとした。目をぱちぱちと瞬くと、カルはあどけない顔を向けている。

――思い過ごしかしら？　まさかこんな子供が、王と私の交わりのことを仄めかしているはずはない。

昨夜のことというのは、きっと私が秘巫女に選ばれたことを言っているのだろう。

「それにしても……、すごい寵愛を受けたのですね」

「え？」

「だって、ほら、その胸元、鏡でご覧になってください」

鏡台に映る自分の姿を確認すると、ガウンの開いた胸元には、いくつもの小さな赤い痣《あざ》がある。その跡を辿っていくと、顔が真っ赤に染まる。すべては、ヴィンフリートの唇が這った跡と同じだった。

「あ、あの、こ、これはその」

しどろもどろになっていると、カルはくすくすと笑って、湯あみをどうぞとフェリーチェを促した。

カルの言葉に戸惑いながらも、寝室の隣にある湯殿に入ると、フェリーチェは思わず歓声を上げた。

王の寝殿の湯殿《ゆどの》は、煌《きら》びやかで贅《ぜい》が尽くされていた。

湯船はまるで泉のように掘り下げられており、広い湯面には白い花びらがいっぱい浮いている。

王国の紋章と同じ、黄金の獅子をかたどった湯口からは、こんこんと湯が湧き出している。

その獅子を見て、フェリーチェはぽっと頬を染める。王の太竿の根元に嵌《は》まっていたペニスリングと同じ獅子が模《かたど》られているからだ。

これからこの国の獅子の紋章を見る度に思い出してしまいそう。

でも、そのことを知っているのは、私だけかもしれない。

そう思うと、王と二人だけの秘密を共有しているような嬉しさが込み上げた。

フェリーチェは恥ずかしさに肌を染めながら、つま先から、ゆっくりと湯につかった。

肩までつかると気だるい身体の重さがすぅっと解れていくような気がする。

寝室のすぐ隣に、こんなに広い湯殿まで整備されているんなんて……。

きっと王や私が夜伽のあとに身体を清めるためなのだと思うと、この王の寝殿は、すべて夜伽のために考えて造られているのだと実感する。

たっぷりと時間をかけて湯につかり、用意されていた衣服に着替えてから寝室に戻ると、カルがにこにこして待っていた。

「さぁ、フェリーチェ様、お腹が空いたでしょう？　お好みが分からないのでひととおり、ご用意いたしました。陛下は精力がありますから、フェリーチェ様も負けないようにたっぷり食べてくださいね」

テーブル一杯に並べられた朝食を無邪気に勧めるカルを見て、フェリーチェは戸惑った。

この少年は、いったいどこまで知っているのだろう？

まさか子供に、男女の秘め事を知っているのかと聞くわけにもいかない。だけど、カルの口ぶりからして、なんとなく夜伽については知っていそうだ。男の子ってそういうものなのだろうか。

「あ、しまった。忘れていました！」

カルが唐突に言うと、慌てて隣の部屋から大きな箱を抱えてきて、別の円卓《テーブル》の上にどさりと置いた。

小柄なカルがようやく抱えあげれるほどの大きさだ。

「フェリーチェ様、王から褒美の贈り物です」

「えっ？　私に褒美？　そんな……」

「だってフェリーチェ様は、秘巫女として立派にお勤めを果たしたのですから褒美の品をいただくのは当然ですよ。王は今朝はとても満足そうでご機嫌でしたよ。ほらほら開けてみてください」

王がご機嫌だったと聞いて、フェリーチェの心臓がとくんと鳴った。つい夜明け前までの甘い性交の余韻に再び浸りそうなフェリーチェをカルがせかして、箱を開けるように促した。

「はやくはやく！」

といわれても、フェリーチェはためらった。こんな大きな箱に何が入っているのだろう。それは複雑な模様が編みこまれている籐の箱だった。

蓋をそうっと開けて中を覗《のぞ》き見る。すると箱の中でうずくまっている大きな物と目が合った。

「ニャ――――」

黄金色の射抜くような瞳が、縦にすっと細まってフェリーチェを一瞥《いちべつ》すると、ぷいと目を逸《そ》らされた。

箱の中でゆっくりと起き上がり、前足を突っ張って伸びをする。

長い銀灰色の毛並み。毛先はちりちりとカールしている。

鼻をぴくっとすると勢いよく箱の中から飛び出した。

「きゃっ！」

猫だ――。

しかも、こう言ってはなんだが、眼光鋭く思いきり目つきが悪い。お世辞にも可愛いとはいいがたい。

猫は上目遣いでじろりとフェリーチェを睨《にら》むと、のしのしと朝食の用意されたテーブルに飛び乗って、ニャア、と鳴いた。

フェリーチェは、唖然《あぜん》としながらカルを振り返った。

「あの、この猫……が王からの贈り物？」

ふつう、猫を贈り物にするなら、真っ白な愛らしい仔猫とかじゃないの？

「ああ〜、やっぱりそう思いますよね。でもこの猫は王がとても大切にしてきた愛猫なんですよ」

「王の愛猫？」

このふてぶてし……、いやこの貫禄のある猫が？

「はい、二年前ぐらいでしたか、戦場で今にも死にような仔猫だったのを拾われてから、ずっと手元に置いて、ご自分でお世話して育てているんです。夜も一緒に寝台に入れるほどの可愛がりようで」

たしかに、自分が愛でている動物を褒美として下げ渡すことはある。だけど――。

「これでも、仔猫だったときは綺麗《きれい》な銀色の毛並みで本当に可愛かったんですけどね。日中、フェリーチェ様がお寂しくないよう、この猫を贈るようにと」

カルが申し訳なさそうに笑った。

「ニァ――」

ペシン！　ともふもふした尻尾を鞭のようにしならせてテーブルを打ち付けた。まるでフェリーチェたちを召し使いかなにかのように、こちらに来い、と呼んでいるような仕草だ。

「ああ、はいはい。苺《いちご》ですね」

「苺？」

「はい、この猫は苺が大好物なんですよ。フェリーチェ様の朝食に苺があるのに気が付いたのでしょう。苺をおねだりしています。あげてもよいですか？」

「も、もちろん……」

カルが小皿に苺をいくつかとって、その猫の前に置くと、嬉しそうに喉を鳴らしながら苺を食べ始めた。

その食べなれた様子に、さらに唖然とする。この苺は、フェリーチェたちが普段食べている酸っぱいベリーや小さな野苺とは違う。王の食卓に上がるために、温室で特別に育てられたものだ。実も大きくて甘そうだ。温室の苺なんて、フェリーチェはこれまで食べたこともない。

なんて甘やかされているのかしら。

「この猫の名前は……？」

「うーん、ヴィンフリート様は、猫はどこだ？　とか言ってますけど、そういえば名前で呼んだことはないですね。俺の猫って呼んでます。僕たちも王の猫って呼んでましたから」

「そんな、名前がないと可哀そうだわ」

「だったら、フェリーチェ様が名づけるといいですよ！　この猫はフェリーチェ様への贈り物ですし。ね？」

猫は苺をすべて平らげ、満足げに顔の周りをぺろりと舐めてから、部屋をきょろきょろと見回した。

テーブルを飛び降りると、まるで自分が王であるかのように、威厳をもってゆっくりと寝台に近づき、ぴょんと上に飛びのった。くんくんと匂いを嗅いだ後に、ヴィンフリートが横たわっていたと思われる場所で、ニャーと鳴いてから、くるんと丸くなった。

そこが自分に用意された特別な居場所であるように。

「あはは……、たぶん、ヴィンフリート様の匂いが残っていたのですね」

──なんという猫だろう。

当然のように絹の寝台で寝るなんて。まるで王のような厚かましさ。

それにあの射抜くような黄金色の目。

王とそっくり同じ色だ。

「……ヴィンさま……」

「え?」

「この猫、なんとなくヴィンフリート様に似ているから、名前はヴィン様にします!」

「ええ～!」

カルが、ぎょっとした顔をして声を上げた。

「ヴィン様……?」

寝台に腰かけて、おそるおそる猫を呼んでみると、目をぱちりと開けてフェリーチェを見て鳴いた。

ニァー(気に入った)、そう言っている気がした。

「これから、仲良くしてね」

そうっと頭を撫《な》でると、思いのほかふわふわの手触りがした。気持ちよさそうにゴロゴロと喉を鳴らしている。

傲慢《ごうまん》そうな外見とは違って、ちょっと可愛いかも。

フェリーチェは小さく笑うと、しばらくの間、猫のヴィンのふわふわの感触を楽しんだ。

＊…＊…＊

フェリーチェが、王の秘巫女《ひめみこ》になってから一週間が過ぎた。その間、どんなに遅くなろうともヴィンフリートは毎晩、王の寝殿にやってきてフェリーチェと交わり合った。

フェリーチェを甘く抱くこともあれば、欲望に火が付いたように激しく貫くこともある。そんなヴィンフリートにフェリーチェの身体はすっかり馴染《なじ》まされてしまった。

ヴィンフリートの腕の中でいとも簡単に蕩《とろ》けてしまう。

精を放った後は、フェリーチェをその逞しい腕の中に閉じ込めて、ヴィンフリートも幾分か眠りについているようだった。朝起きると傍らに少し寝乱れた跡がある。

フェリーチェの方は、いつも抱かれながら意識を失ったように眠りに落ちてしまい、というに日が高くなってから、カルの声で目が覚める。

目覚めたときには、王はいない。残されているのはいつも王の香りと身体から零れ出る残滓だけ。

日中は遅くまで政務があるというのに、どこにそんな精力があるのだろう。

とりわけ、昨夜のヴィンフリートはいつにもまして遅くやってきたのに、三度も精を放ち、夜も白み始めてから、ようやくフェリーチェも眠りについた。

そのおかげで、今日も起きたのは昼近く。

カルが用意してくれた遅い朝食の後、中庭にあるベンチで猫のヴィンを膝に抱いていると、柔らかな日差しが差し込んできた。

ついうとうとと微睡《まどろ》んで眠り込んでしまったらしい。

フェリーチェが気が付いたとき、猫のヴィンが膝の上からどこかにいなくなってしまっていた。

「ヴィン様…？」

中庭の叢《くさむら》、隣の居間や図書室、ソファーやテーブルの下、湯殿に至るまで隈《くま》なく探したがその気配さえもない。

猫だけではない。

この日は珍しく、いつもフェリーチェの傍近くに控えているカルもいない。

「二人とも、どこに行ったのかしら？」

カルだって本当は忙しいのだろう。でも用事でいなくなる時は、必ずフェリーチェに声をかけていた。私がつい眠りこんでいたから、ちょっと外していているだけかもしれない。

でも、ヴィン様は……。

猫のヴィンは、城にある王の部屋からここに連れてこられてからは、この部屋から出たことはない。

もしかして、何かの拍子で外廊下に出てしまって、迷子になっているのかも。

例えば、カルが扉を開けたときに一緒に扉をすりぬけて外に出てしまった可能性もある。

だとすれば、戻るに戻れなくて困っているのではないだろうか。

久しぶりに外に出て探してみようか。

それに、ちょうど今日は神殿で音楽会がある日だ。

そのことに気が付くと、ずっとこの王の寝殿で過ごしていたフェリーチェは、途端に心がうきうきと弾み、頬が緩む。

この神殿では、月に一度、最初の満月の日に音楽会が催される。

この日は大聖堂に貴族や平民らが詰めかけ、めったに聞くことにできないハープの演奏や聖歌隊による清廉な歌声に聴きほれる。

フェリーチェも、毎月、この会を楽しみにしていた。王の秘巫女になったからといって聴いてはいけないということはない。

猫のヴィン様を探しながら神殿に行ってみよう。

フェリーチェは王の寝殿の扉を開け廊下に出ると、扉を守る衛兵に猫を見なかったかと聞いてみる。衛兵は、カルは少しの間、城に行くので不在にすると言っていたらしいが、猫は見ていないという。

いったいどこに行ってしまったのだろう。

フェリーチェは衛兵に、王の猫を探しながら音楽会に行くと告げ、大聖堂に向かった。


「……ヴィン様？」

長い回廊を、猫のヴィンの名前を静かに呼びながら進んでいく。回廊に飾られている騎士の甲冑《かっちゅう》の裏にも隠れていないか覗いてみる。

——やっぱりいない。

建物の中にいないとなれば、庭の方に行ってしまったのだろうか。

フェリーチェは、回廊の先にある大きく開けた場所まで行ってみることにした。

「ニァァ——」

ちょうど大聖堂や城、庭に向かう分かれ道となる大きく開けた十字路で、猫のヴィンが戸惑ったように鳴き声を上げていた。

「ヴィン様っ！　こんなところにいたの？　もう、心配したんだから」

フェリーチェが近づくと、迎えに来るのが遅いとばかりに、金色の目でひと睨《にら》みし、フェリーチェの差し伸べた腕にぴょんと飛びのった。

「勝手にいなくなっちゃだめでしょ？」

フェリーチェが腕の中のもふもふをほっとして抱きしめたとき、神殿の聖堂から透明感のある歌声が風にのって流れてきた。

きっと聖歌が始まったんだわ。

いったん、猫のヴィンを王の寝室に戻そうかとも考えたが、カルも不在の時にまたいなくなると困る。

「ヴィン様、大人しく聖歌を聴いてられる？」

「ナァ――」

「うん、いい子ね。じゃあ、聖堂の上階《うえ》にバルコニーがあるから、そこからこっそり聴きましょう」

神殿が我が家のようなフェリーチェには、大聖堂の二階に聖堂全体が見渡せる小さなバルコニーがあるのを知っていた。

そこに行けば聖歌もよく聞けるし、聖歌隊やハープの演奏もよく見える特等席だ。

秘巫女になる前も、ときどき、与えられた務めをこっそり抜け出して、そのバルコニーに忍び込んでは聖歌に聴き入っていた。

「いい？　ヴィン様、ここは私の秘密の場所だから誰にも言わないでね」

吹き抜けの聖堂には一階席と二階席があり、一階席には平民がひしめいている。座り心地の良さそうな天鵞絨《ビロード》の椅子のしきつめられた二階席からは、華やかな衣装を身に纏った貴族たちが観覧していた。その二階席のさらに上に、小ぶりのバルコニーがある。

フェリーチェは、腕の中の猫を抱きなおして、ベルコニーの手すりから聖堂を全体を見渡した。

「わぁ……！」

思わず感嘆の吐息を漏らす。

今日の聖歌の会は、フェリーチェがこれまで見たこともないほどの盛大な会だった。

いつもは簡素な白の衣で歌っている聖歌隊は、王族が臨席したときに着るロイヤルブルーの正装《ブリオー》を纏《まと》っている。ハープも、いつもの木製のものではなく、特別な日に演奏される黄金のハープだ。

――もしかして、王が聴きにきているの？

フェリーチェは、思いがけず昼間に王の姿を見れるのが嬉しくて、二階席の中央にある王族専用の特別席を覗き込んだ。

王族の特等席には薄い絹のヴェールが垂れていて、中の人影がぼんやりとしか見えない。なんとか見えるように身を捩《よじ》り、じっと目を凝らす。するとヴィンフリートがいた。

寛いだ様子でひじ掛けに軽く頬杖をついて、ハープの演奏に聴き入っているようだ。

初めて見る昼間の顔に、フェリーチェの心臓は高鳴った。

遠くから見ても、明け方近くまでフェリーチェを甘く翻弄《ほんろう》した性交の片鱗など一切なく、少しも眠そうな様子などない。切れ長の瞳は高貴さを湛《たた》えている。聖堂の厳かさもあいまって、そこにいるだけで軍神王の名に相応《ふさわ》しい威厳ある輝きを放っていた。

王の寝殿では、いつも湯あみをした後のせいか、しっとりと濡れた黒髪も、窓から差しこむ陽光をうけて光を織りこんだように艶めいている。

夜とは違う王の姿に、いっそう胸が高鳴りを増す。

——なんて凛々しくて素敵なんだろう。

ハープの演奏が終わると、演奏者が王の玉座に向かって深々とお辞儀をした。するとそれまで王に釘付けになっていたフェリーチェは、その隣で拍手を送っている小さな人影があるのに気が付いた。

柔らかく編み込まれた淡い金色の巻き毛。その頭上にはダイヤモンドのティアラが煌《きら》めいている。身に纏っているのは、まるで桃の花の色をそのまま移したような淡いピンク色のサテンのドレス。華奢な肩には、白貂《しろてん》の毛皮でできた肩掛けを羽織っていた。

一目で高貴な女性だと分かる。

ここからではよく見えないが、肌の色は陶器のように白い。

ヴィンフリート王の隣に当然のように座り、ときおり王に柔らかく微笑みを向けながら拍手を送っていた。

——あれは、誰？

フェリーチェの胸がぎゅっと摑《つか》まれたように軋む。

まるで王女様のようだ。いや、きっと本物の王女様なのだ。

つい昨日、女官たちが隣国の王族が訪問していると噂《うわさ》していたからだ。

――なぜ、隣国の王女様がヴィンフリート様の傍らにいるのだろう？

王がその王女の手を取って立ち上がり、階下の平民にも手を振っている。傍らの王女が、その可憐な手をすっと持ち上げてヴィンフリートに掲げた。するとヴィンフリートは王女に微笑み、その手に恭《うやうや》しく口づけをした。

その途端、割れんばかりの歓声と拍手が巻き起こった。

聖堂の天窓から差し込む陽の光が二人に降り注ぎ、まるで神々しい一枚の絵画のように浮かび上がっている。

王女が会場の歓声の大きさに圧倒されて戸惑っていると、ヴィンフリートがそっと耳打ちして何かを囁《ささや》いた。

何を囁いたの――？

王女は頬をバラ色に染めてうっとしりた顔をヴィンフリートに向けている。

柔らかな日の光に包まれて幸せそうに見つめ合う二人……。

どこから見ても、心を寄せ合う恋人同士のようだ。

今まで、ときめきに高鳴っていた心臓が、フェリーチェを幻想から目覚めさせるように、どくりと気味悪く打ち付けた。

――見てはいけなかった。見たくなどなかった。なにを勘違いしていたのだろう。

王の秘巫女に選ばれたからといって、なにを思いあがっていたのだろう。

まるで私がヴィンフリート様の唯一の女性であるように思ってしまっていたなんて。

私はただの夜伽の相手――。それだけだ。それも王が妃を迎えるまでの間だけ。

それが数百年に渡る神殿のしきたりだから。

――だから。

じんと目頭が熱くなる。

王が毎夜訪れるのはそのせい。私は、若く逞しい王の精の捌《は》け口に過ぎないのだ。

その証拠に、いつもヴィンフリートはフェリーチェを抱いたあと、すぐに城に戻ってしまう。

それでもフェリーチェを抱いているときは、甘い声で睦言《むつごと》じみた言葉もかけてくれるが、愛しているとは絶対に言わない。

フェリーチェは、途端に可笑しくなった。

――ばかね。何を期待してたの。当然だわ。

特別な言葉も、朝にさわやかな日差しを浴びながら王の腕の中で一緒に目覚めることも、その栄誉は、すべて王妃になる人だけに与えられる恵みなのだ。

「ナァ――?」

ざらりとした感触が頬を舐めた。

いつの間にか頬が涙で濡れていて、その涙を猫のヴィンが舐《な》めている。

フェリーチェは、大聖堂の二人を呆《ほう》けたように見つめていた。

胸が苦しい。

会場の注目を浴び、拍手を受けている二人の姿に胸の奥がきしきしと痛む。

つい明け方まで自分と睦みあったヴィンフリートが、自分を見つめるときとは違う、王女に向ける柔らかな微笑みを見ていることに耐えられなくて、二人から視線を引きはがした。

そしてまるで縋るように、腕の中のヴィンをぎゅっと抱きしめた。

＊…＊…＊

その夜。

王の寝殿では、激しい性交の後の静けさに包まれていた。

ヴィンフリートは吐精後の満足感に浸りながら、自分が組み敷いている華奢《きゃしゃ》な肢体を見下ろした。

――愛しい。

その肌はミルクのように白く、絹のように滑らかで、男と交わった後の淫靡《いんび》な香りが漂っている。

すでに、今宵は二度も精を放っていた。だが、満足したのも束の間、また新たな渇望が沸いてくる。

組み敷いた相手も、続けざまに三度目の性交を始めようとするヴィンフリートに抗うことをあきらめ、くったりとして力も入らない状態だ。

彼女の蜜口からは、注ぎ込んだばかりの精の残滓《ざんし》がとろりと白い涎を垂らしている。それがこの上なく雄の欲を煽《あお》る。

たった今、引き抜いたばかりなのに、ヴィンフリートの雄に血流が集まり、たちまち硬く、太く勃起する。

「フェリーチェ、いい子だ……。だが、まだ終わりじゃない」

ヴィンフリートは力の入らないフェリーチェを抱き上げ、後ろから包むようにして自分の膝に座らせる。

「あ……、許して、も、力が……」

「よい、そなたは何もせずとも。こうして余に身体を預け、寄りかかっていればいい」

彼女の身体を抱え上げ、背後から腹に手を伸ばす。そのままゆっくりとなだらかな肌を這い上がり、乳房を掬《すく》い上げるようにしてふくらみを撫《な》で上げた。

「ふ……っ、んっ……」

「可愛い乳房だ。白くてまろやかで吸いついてくる。ここの蕾《つぼみ》も弄《いじ》られるのが好きだろう？」

二度の交わりで敏感に勃《た》ちあがった乳首をきゅうと摘まむと、フェリーチェが身悶《もだ》えし、白い喉をひくひく震わせながら仰け反ってくる。

「んっ、ヴィンっ、さま……っ」

「ああ、そなたは感じやすいな。……すぐにもっと悦《よ》くしてやる」

小刻みに痙攣《けいれん》する脚を掲げあげ、いやというほど大きく広げる。フェリーチェのとろとろの花びらが無防備なほど開かれて、奥に潜んでいた神秘の秘玉が露《あらわ》になる。

「やっ、ヴィンさまっ……、そこ、だめなの……」

「どうして？　こんなに蜜をいっぱいに滴らせて……そなたの蕾はとても愛らしい」

片腕で軽々と両脚を支えると、フェリーチェの剝き出しになった秘玉をくにゅりと撫《な》でる。

「ひゃぁっ……！」

フェリーチェの身体がびくんと跳ねた。華奢な身体がぶるぶると小刻みに震えている。それでもかまわずに、とろとろになった無防備な秘玉をその形をなぞるように、ぬらりと撫でまわし快楽を送り込む。

髪を振り乱し、いやいやしながら身悶え、抑えられない快感にすすり泣いている。

「ほうら、こんなふうに、ここを弄られるのが好きだろう？」

「や……、だめ……、おかしく……なっちゃ、だめぇっ……」

蜜に潤《うる》んだ肉玉がさらに充溢《じゅういつ》してはち切れそうになっている。肢体がひくひくと波打ち、自分の胸の中で快楽をうまく逃せずに、ただ打ち震える姿も愛らしい。

「よしよし、つらいのか？　ならば達《い》かせてやるぞ」

敏感になった秘玉をくにゅくにゅと転がし、根もとを摘まんで揺さぶってやると、フェリーチェから声にならない悲鳴が漏れた。

「ひ…………ん」

泉の清らかな水のような透明な液体が蜜口からぴゅっ、ぴゅっと吹きこぼれ寝台を濡らす。

「ああ……、飛沫《しぶき》を上げてしまったな。フェリーチェの蜜洞《なか》が余を早く欲しがっている証拠だ」

完全に勃ちあがった肉棒を蜜口にあてがう。亀頭で花びらを捲りあげるように数度、陰茎を上下させると得も言われぬ快感が伝わり、ヴィンフリートは心地よさに喉を鳴らした。

すぐにも彼女の中を味わいたくて、ぐぷ、と音を立ててとろとろの蜜口に膨れ切った熱を咥《くわ》えこませた。声にならないフェリーチェのあえかな喘《あえ》ぎがヴィンフリートの魂をゆさぶり雄を滾《たぎ》らせる。

雁首をきゅっと絞めつけられ、すぐに爆ぜないように噛みしめた奥歯の隙間から、堪えられずに呻《うめ》きが漏れてしまう。

――ああ、なんと気持ちいい。

フェリーチェの奥深くに自分を刻み付けたい。

それでも切っ先を呑み込ませただけで、腰骨の奥にまで震えるような愉悦が走り抜けていく。

いっとき、その至福の快感を味わうように息をつめた。だが、まだ楽園の入り口にすぎない。ヴィンフリートは、その先に果てなく広がる楽園を求めて、長い肉竿をぬぷぬぷと奥に挿入する。

これが自分の鞘だというように、己の亀頭が迷いなく狭い隘路を押し拓いていく。襞がうねるように肉幹に絡みつき、ヴィンフリートからあっという間に理性を搾り取る。力の入らない太腿をさらに抱え上げ、己の吐精を煽るように腰を激しく上下させた。ぐちゅ、ぬぷという淫らな水音、蜜を弾きながら互いの性器が擦れあう。フェリーチェのか細いすすり泣きが、交わりが奏でる音と混ざってとても艶めかしい。二人がつま弾く淫猥《いんわい》な音色が、王の寝殿にさざ波のように響き渡っていく。

「ああ、フェリーチェ……」

――こんなにもフェリーチェの身体に溺れてしまうとは。

泉の乙女を我がものとした初代王も、こんなふうに溺れていたのではないだろうか。不思議なことに最近、初代王の気持ちが手に取るように分かる時がある。

愛らしいフェリーチェ。

彼女と秘巫女として出会ってから、自分のものだという烙印を押すように、夜ごと濃密な性交に耽《ふけ》ってきた。その甲斐あってフェリーチェの蜜洞は、己の雄の形にくっきり馴染《なじ》んでいるというのに、さらに自分を刻み付けたくて一心に挿入を繰り返す。

子宮口の中に届くように腰を打ち付ければ、せがむように吸いついてくる。

「っ、そんなに締め付けたら、すぐに終わってしまうだろう?」

これまでの長い空白を埋めるような、激しく濃厚な性交を永遠に分かち合いたかった。

——ずっとこの時を待っていた。そう、そうだ。あの時から、ずっと。

フェリーチェは私の運命の乙女なのだ……。

身体が急に沸騰したように熱くなる。

「くっ……、リーチェっ」

腰を大きくひと揮いし、深く深く繋がり合う。

ヴィンフリートは目を閉じて、フェリーチェを己の楔が支配している感覚に酔いしれる。

陰茎がはち切れんばかりに膨れ、射精の兆しにどくりと熱く脈動した。その途端、ヴィンフリートの雄の証、己の精が勢いよく噴出した。

「……っ、フェリーチェ、そなたも余を感じろ」

フェリーチェも同時に達したのか、がくがくと身体が震え、蜜襞が歓喜にうねっている。

その吐精はヴィンフリートの想いをすべて出し尽くすかのように、長く果てしないもののように思えた。

＊…＊…＊

空が漸《ようよ》う白み始めている。

ヴィンフリートは、フェリーチェの柔らかなぬくもりを手放したくないと思いながらも、彼女を包んでいた腕をほどいて身体を起こした。

途端に冷えた空気がヴィンフリートを包み、思いがけない喪失感が広がった。

「ヴィンフリート様、お目覚めですか？　そろそろお支度を。今日も朝早くから王女様との行事が山積みですからね」

別室で控えていたカルがヴィンフリートの気配を察知したのだろう。寝台に近づきヴェールの下から着替えを差し入れた。

ありがたくは思えど、義務を思い起こさせるカルの手際の良さに嘆息する。

この至福のひとときから離れる時が、一番心が重い。

とりわけ今日は――。

かの国から和平の印に差し出されたルドミラ王女。

昨日の音楽会に続き、今日もまた、彼女と一緒に過ごさなくてはならないのだ。

先日、慌ただしくドーラント王国と和平協定が結ばれ、ヴィンフリートとドーラント王国のルドミラ王女との婚約が調った。

三月後《みつき》には、ルドミラ王女を我が妃とする予定だ。

だが――。

狡猾なドーラント王が、ただ和平の印だけに自分の妹王女を差し出すとは思えない。彼女は何かの切り札ではないのかという思いが拭えない。

それにしては、ルドミラ王女は、一見、裏表もなく純粋そうに見える。

「カル、指示しておいたことは順調か？」

そう聞きながらヴィンフリートは、傍らで眠るフェリーチェの頬をそっと撫でた。

夜ではなく、陽の光の中ではフェリーチェの肌はどんなふうに色づくのだろう。

夜しか会えないのがもどかしい。

「もちろん、抜かりありませんよ。すべては、王の意のままに」

「よし。だが、油断するな」

ヴィンフリートは、カルの言葉にひとまず安堵《あんど》したものの、まだ不安は拭えなかった。

たとえこの夜伽が王妃を娶《めと》るまでの間だけだとしても、フェリーチェに危害が及ぶようなことはあってはならない。

「ああ、また陛下は――。こんなになるまで抱き潰して。加減というものを覚えてくださいよ」

簡単に着替えを済ませ寝台を降りると、まるで魂を吸い取られたようにぐったりと眠り込んでいるフェリーチェを見てカルが咎めるように言った。

「――これでも、だいぶ加減をしているのだが。フェリーチェが夜伽のための秘巫女でなかったら、夜明け前に手放すと思うか。一日中、離さずに睦みあう」

それを聞いてカルがヴィンフリートに冷ややかな視線を向ける。

「本当にやりそうで怖いですよ。まさかフェリーチェ様を側室にするおつもりじゃないでしょうね」

「フェリーチェを側室に召し上げることはない」

フェリーチェには可哀そうだが、秘巫女としてそなたを抱くのも今だけのことだ……。

「ナァ――ン」

ヴィンフリートの足元に、フェリーチェが自分の名前からつけたという猫のヴィンがすり寄ってきた。ヴィンフリートは猫をひょいと抱き上げると、自分のいなくなった空間を埋めるようにフェリーチェの傍らにそっと置いた。

「余がいないときはお前が守れよ。この場所はいっときお前に貸しておく」

ヴィンフリートは名残惜しむように、体をかがめてフェリーチェの唇を今一度味わった。

この味を忘れないように。

秘巫女と過ごす時間は、あとたった三月《みつき》しか残されていないのだから。

＊…＊…＊

カルは、王がまるでフェリーチェを大切な想い人であるかのように口づけるのを黙って見守っていた。

それが王妃を娶るまでの間と決まっているからなのか――。

その時が来るまでは、他の女性には目をくれることもなく大切にするということなのか。

王はフェリーチェに身も心も捧げているように見えるが、三月後にはルドミラ王女を妃として娶る準備も着々と進めている。

王の本心がどこにあるのか、いまだカルにも掴めない。

ただ、これだけは分かる。

彼がこの国のためなら自分の気持ちなど、あっさりと切り捨てることができるということを。

ならば、自分は王の御心に従うまでだ――。

カルは自分を不幸な生い立ちから救ってくれた王に忠誠を誓っていた。

生まれつきカルの身体は小さく、身長もある時を境に伸びなくなった。そのせいで、いまも子供に見られているが、実のところヴィンフリートの年齢とさほど変わらない。

実家は高貴な生まれであるのに、まるで子供のようなこの風体のせいで、家族の恥さらしとして忌み嫌われていた。そのため家族からは見限られ、ちょうどヴィンフリートの初めての出陣の時に、前線の兵士として送られたのだ。

そこでヴィンフリートに命を救われた。

以降、カルは王だけに仕える小姓として、王のためにありとあらゆる戦術を身に着け、隠密行動も行ってきた。

自分は、王以外のどんな相手にも慈悲はかけない。これまでも、これからも。

なのに今回ばかりは、心に鉛がのしかかる。

フェリーチェは、純粋でわかりやすい。王に心を寄せていることは誰が見ても明らかだ。三月《みつき》後に王が王妃を迎え、フェリーチェと別れるときがきたら傷つくだろう。王の秘巫女としての務めが終われば、フェリーチェは二度と王に会うことは叶わなくなる。

だが、それは数百年に渡る神殿のしきたりなのだ。カルにはどうすることもできない。あまつさえ、王が王妃を娶るまでの間だけだと割り切っているのに、そもそも自分の出る幕ではない。

「カル、城へ戻る。フェリーチェを頼んだぞ」

「はい、仰せの通りに」

王が寝殿を出ていくと、カルはいつになく重い溜息をついた。

この様子では、フェリーチェが起きるのはきっとまた昼近くになるだろう。目覚めると、いつも空っぽの隣を悲しげに見ていることも、カルは気づいていた。

王が妃を娶るまであと少し。

いざその時が来たら、自分がフェリーチェに慈悲をかけずにいられるかどうか確信が持てなかった。

第６章　新たな務め～夜のお妃教育

あくる朝、いつものようにフェリーチェが一人、カルの用意した朝食をとっていると、カルと入れ替わるようにラレス女神官《にょしんかん》が現れた。

「フェリーチェ様、王の秘巫女《ひめみこ》であるフェリーチェ様に、バルタザール大神官様からの伝言と新たな使命をお伝えしに参りました」

今日に限って、どこか威圧的な空気を纏《まと》っているラレス女神官の言葉に、なにかよくない空気を感じ、肌がざわりと粟立《あわだ》った。

ラレス女神官が仰々しく礼をとり、フェリーチェにうっすらと微笑みかける。

「フェリーチェ様。誉れ高い王の秘巫女となり、毎夜のように王への伽《とぎ》を立派にお務めになられているフェリーチェ様には、バルタザール大神官様も心からお喜びです。ですが、そのお務めもあと三月《みつき》と決まりました」

「――え？」

あと三月？

「フェリーチェ様、よもやずっと王への伽をあなた様が務めるとは思っていないでしょう？　王との伽は、王が王妃を娶るまでの間だけのこと。先日、ヴィンフリート王と来訪中の隣国ドーラント王国のルドミラ王女との婚約の儀が恙《つつが》なく執り行われたのですよ。お二人の結婚の儀はこれから三月後と決まりました」

ラレス女神官の冷静な声音とは対照的に、フェリーチェは、紅茶を持つ手ががくがくと震えた。

——三月後に王が王妃を迎える。

ヴィンフリートは、そんなことは何も言っていなかった。

ただの秘巫女のフェリーチェに、わざわざ王の口から伝えるほどのことでもないと思ったのだろう。

王はフェリーチェに特別な感情など、何も持ち合わせてないのだ。

「よいですか。王はルドミラ王女を妃として娶《めと》ります。フェリーチェ様は、王の秘巫女として、ルドミラ王女様への閨《ねや》の指南を務めねばなりません」

「な……んですって？」

フェリーチェは驚いてラレス女神官を見返した。彼女の目は決定事項だと告げている。

その視線がフェリーチェの心の僅かな動きも探っているようで、逃れるように目を逸らした。

「これから三月後の結婚の儀まで、ルドミラ王女様はお妃教育を兼ねて我がラインフェルド王国に滞在されます。お妃教育の中には、当然、王との初夜を円滑に行えるよう、閨の教育もあるのです。そしてそれは、王の秘巫女から妃となる王女へ『引継ぎの儀』として婚儀の夜まで続きます」

「ひ、引継ぎの儀？　婚儀の夜までって……」

ラレス女神官は、何も知らないフェリーチェに少し苛ただしさを覚えたようだ。

「フェリーチェ様、王の秘巫女になられた時に、神殿に伝わる秘巫女としての心得の書をお渡ししましたでしょう？　そこにちゃんと書いてありますのよ」

そういえば、ラレス女神官に読んでおくようにと何冊か分厚い書物を渡された。でも、秘巫女になってから毎夜、明け方までヴィンフリートに翻弄され、日中はとてもではないが、本を読む気力がなかったのだ。

「ごめんなさい。あの、まだ体が慣れなくて……」

消え入るような声のフェリーチェに、ラレス女神官も心なしか同情したようだ。明け方までヴィンフリート王が解放してくれないことは、当然、ラレス女神官も知っている。

「――いいえ、私も初めにお教えすればよかったですね、フェリーチェ様。秘巫女の務めは、王が王妃を迎えるまで、厳密にいうと、お二人の初夜まで続きます。無垢な王女に少しずつ閨の知識を教えるのです」

「そ、それだけですか？　閨の知識を教えるだけ？」

するとラレス女神官はゆっくりと首を振った。

「いいえ、秘巫女にとって一番大切な儀式は『引継ぎの儀』です。婚儀の夜、この王の寝殿で、王と王女が初夜の儀を執り行います。その時、秘巫女は最後の務めを果たさなければなりません。お二人の初夜の儀の前に、王女の目の前で王に抱かれるのです。伽とはどのようなものか、あらかじめ王女に見せて不安を取り除くためもあります。ですが、王の精を受ける者が、秘巫女から王妃に引き継がれるという、神へ捧げる神聖な儀式でもあります。秘巫女にとっては、これが王との最後の伽。そのあと、王と王女の初夜を見届けなければなりません」

フェリーチェは愕然《がくぜん》として言葉を失った。今聞かされたことが信じられない。唇がぶるぶると震えている。

ヴィンフリート様と王女の初夜。

そんなことは、考えたくなかった。

なのに、王女の目の前で、最後の伽を務めなければならない。――すべては王女のために。

そしてヴィンフリートが、あの柔らかな淡い金色の髪の美しい王女を妃として、愛を与える相手として抱くのを見届けなければいけないのだ。

それはきっとフェリーチェへの伽とは違い、宝物のように優しく扱うのだろう。

そんなフェリーチェの心を読み取ったのだろうか。ラレス女神官が、フェリーチェに同情するようなような目を向けた。

「フェリーチェ様、初めて純潔を与えた男性に特別な思いもあるでしょう。それが王となればなおさらのこと。でも、それはあくまでもすべて秘巫女としての務めなのですよ。どうか、お弁《わきま》え下さい」

そのあとラレス女神官は、秘巫女としての務めを果たした後、フェリーチェが受け取る俸禄が、どんなに素晴らしいものかを話していたが、全く耳に入らなかった。

ただ、王女の前で抱かれること、王女と王の初夜を見届けなければいけないことに、心が揺らいでいる。今は、ラレス女神官の前で、平静を取り繕うのがやっとだ。

そして、王といられる残された時間は、あとたった三月しかない。フェリーチェは、その事実に打ちのめされていた。

王女との婚約が整ってからも、ヴィンフリートは飽きもせずに毎夜のようにフェリーチェを抱く。

それは、フェリーチェとの夜伽もあと少し、と思っているせいなのだろうか。

確かに王は義務だけとは思っていないようだ。フェリーチェとの伽を愉しんでいる。

残り少ないと思えば、逆に惜しくなって、夜ごと渡ってくるかもしれない。

国民にも隣国の王女との婚約が整ったことが、大々的に布告された。

そのせいで、最近は朝早くから大聖堂で婚儀の練習が行われ、聖歌隊の歌う祝いの歌が風にのり、王の寝殿にまで聞こえてくる。

その歌声にフェリーチェは、寝台の上でうすぼんやりと目をひらいた。

広い寝台の中には、王の残り香さえもなく、ただ祝いの歌声が風にのり聴こえてくる。

静謐《せいひつ》で厳かないつもの神殿とは違い、祝福のムードが漂っていた。

大聖堂では、毎朝、祝いの礼拝も執り行われ、全国各地から国民が祝福に訪れている。

市中では、すでにヴィンフリートとルドミラ王女の絵姿も出回っているという。

ヴィンフリートの妃となるのは、陽の光を集めたような輝かんばかりの美しいルドミラ王女。

柔らかな金の糸を紡いだような髪を煌《きら》めかせ、幸せそうに微笑んでいた王女の姿が目に浮かぶ。

あのとき大聖堂に行かなければ、仲睦まじく見つめ合う二人を目にすることもなかった。二人の姿が目に焼き付いて、フェリーチェの心を日を追うごとに蝕んでいく。

婚儀の後は、自分に代わり王女が王をお慰めするのだ。

フェリーチェは三月後には、伽の務めを解かれ、ヴィンフリートへの夜伽はおろか、王と会うことさえ叶わなくなってしまう。

途端に胸が苦しくなり、目頭がじんと熱くなる。

フェリーチェは、瞼の裏が白くなるほどぎゅっと目を瞑った。これ以上、王に対する身勝手な想いが溢れ出ないように。

その想いは言葉にしてはいけないことだ。たとえ、心の中でさえも。

一度でも言葉にしてしまえば、その想いを認めてしまうことになる。ヴィンフリートを前にして、その思いを隠し通すことが難しくなってしまう。

みじめに泣きたくない。なのに、いつの間にか目尻から滲《にじ》み出た涙が頬を伝った。

「ニァァ――」

朝起きると、なぜかいつも隣で寝ている猫のヴィンが、フェリーチェの涙をぺろりと舐《な》めた。まるで元気を出せと勇気づけるように。

「ヴィン様、ありがとう。自分でも分かっているの」

こんな思いを抱いている自分は秘巫女《ひめみこ》失格だ。いいえ、もとから相応《ふさわ》しくはなかった。きっと今回に限っては、神様の手違いだったのだ。

「おいで……」

フェリーチェは、猫のヴィンを腕の中にぎゅっと抱きしめた。

「おまえは、私からいなくならないでね。ずっと側にいて……」

秘巫女の務めを果たしたら、王都から遠く離れた北の神殿に行き、猫のヴィンと一緒にのんびり暮らそう。

王都の噂《うわさ》など、なにひとつ耳にもしないような国のはずれにある北の神殿に。

フェリーチェはようやく身体を起こすと、軽く湯あみをした。

なのに湯に浸かっても、心に残る鈍い痛みはぬぐえない。

湯から上がると、いつものようにカルが笑顔で朝食を準備してくれていた。

「フェリーチェ様、おはようございます。今日はまた、ラレス女神官ら神殿の神官たちが、王の婚儀の打ち合わせに来られますよ。さぁ、朝食をどうぞ。あ、それといつものお薬も置いてありますから」

気の進まぬ打ち合わせがあると分かっていても、カルの明るい声に沈んだ心も少し浮上する。

フェリーチェは軽く頷くと、気を取り直して、いつものようにひとりだけの朝食の卓についた。水差しから杯に水を注ぎ、神殿から毎朝届けられる丸薬を飲もうとして、はっと手をとめた。

王と交わった翌朝に、必ず用意されているから気にも留めずに飲んでいたけれど、これは避妊薬のはずだ。

――これを飲まなければ、王の子を授かるかもしれない。

邪《よこしま》な、それでいて純粋な想いが湧き上がる。

もし子を授かれば、子が生まれるのは十月十日後。

そのときフェリーチェは、秘巫女の役目を終え、鄙《ひな》びた北の神殿で生きているはずだ。

国のはずれにある北の神殿に身を隠せば、フェリーチェが王の子を生んだなどと分かるはずはない。

その想いに、どきどきと鼓動が早くなる。

でも、万が一、そのことが露見すれば大罪になる。もし身籠もれば、王妃より先に王の子を授かることになるのだ。

それは、王を——、この国を欺くことになる。

王の子を為せるのは王妃だけに与えられる栄誉なのだ。

でも、ヴィン様の子を授かることができるなら——。

「フェリーチェ様？」

動きをとめたフェリーチェに、カルが声をかけた。

フェリーチェは、すばやく杯をとり、ごくりと音を立てて水を喉に流し込んだ。

「あ、お薬飲まれましたね。じゃあ、僕、医官に報告してきます」

毎朝、フェリーチェが薬を飲んだかどうか神殿の医官に報告するのもカルの役目だった。

カルが部屋から出ると、フェリーチェは空になった薬包をじっと見つめた。

——これは、私だけの秘密。その覚悟はできている。

フェリーチェは顔を上げると、すばやく中庭に向かった。胸元に落とした黒く丸い粒を取り出すと、ぱっと叢《くさむら》に放った。

そして目を閉じて静かに希《こいねが》う。

小さな灯《ともしび》が根付くように。

それはフェリーチェに残された、たったひとつのささやかな、そして神をも欺くような大それた願いでもあった。

＊…＊…＊

その日の午後、ラレス女神官ら神官たちがフェリーチェの元を訪れた。

フェリーチェは、王の婚儀の日に行われる儀式について神官らからこと細かく説明を受けた。ようやく説明が終わってほっとすると、一人残ったラレス女神官が、神殿の門外不出の禁書の一つをフェリーチェに渡す。

「フェリーチェ様、明日の午後、ルドミラ王女様がこちらに閨の指南を受けにお越しになります。その前に、この『引継ぎの書』に目を通しておいてくださいね。この書は、数百年に渡り、代々王の秘巫女に引き継がれているものです」

「引継ぎの書……？」

「ええ、『引継ぎの儀』を滞りなく行うために、秘巫女が王女に伝授しないといけないことが書かれています。読み終えたら、最後の頁にご署名を忘れないでくださいね。この書には、歴代の秘巫女の署名がなされています。最後の儀式に向け、気持ちを引き締めてくださいませ」

他にも明日、王女を迎えるときの注意事項をいくつか念を押すように告げると、ようやく神殿に戻っていった。

フェリーチェはラレス女神官が退出すると、ほっとして椅子に腰を下ろした。毎夜のように王の伽を務めるようになってから、なんとなく彼女の態度が冷たくなったような気がして、苦手意識が強まっていた。

フェリーチェは気を取り直して、先ほど手渡された書物をくるんでいた布を解いて取り出してみる。その表紙は真っ黒で、中央に神殿の銀の紋章が嵌《は》め込まれていた。まるで禍々しい呪術書のようで、読むのをためらうほどだ。

でも、王女様がお越しになる明日までに読んでおかなければならない。

表紙を捲《めく》ると、中も古い羊皮紙でできており、かなり年代を重ねられていることが分かる。フェリーチェはページを一枚、一枚捲るたびに、ちくちくと針を刺されたように心が痛んだ。

はじめは口づけから、そうして花嫁が王を受け入れるときに怖がらないように、段階を踏んで夜の知識を与えていくように。――そう指南されている。

ただの性行為の知識だけはない、これまで秘巫女が知り得た王の嗜好《しこう》、王の閨での好みの性技を、王の花嫁となる者へすべて伝えるのだ。

そこまで読み進めて、あることにはっと気が付いた。

今まで、秘巫女は王のためにあるのかとばかり思っていた。

でも違う。

すべては、花嫁のためだ。王の妃となる花嫁のために、まずは秘巫女が花嫁の代わりに抱かれ、花嫁が恙《つつが》なく初夜を迎え、王の寵《ちょう》を得るように指南するのだ。

王妃が輿入れする前に王が愛人を作り、その寵姫に第一子がすでに誕生している、などという、ゆゆしき事態が起こることもない。

でも、王とて健全な男性だ。王妃を迎えるまでの間、その若い肉体を神官のように禁欲させることは難しい。それに王に経験がなく、初夜で戸惑っては困る。

秘巫女は、公然と認められた夜のお相手なのだ。

フェリーチェはすべて読み終えると、その書をまるで封印するようにぱたんと音を立てて閉じた。最後の頁には歴代の秘巫女の署名がずらりと並んでいた。

今までの秘巫女たちは、どういう気持ちでこの『引継ぎの書』を読んだのだろう。

王に抱かれて、自分のように心まで捧げてしまうほど恋しく想ったりはしなかったのだろうか。

王との夜伽《よとぎ》は、フェリーチェにとっては二人だけが分かち合った親密な行為だ。

ヴィンフリートの方に特別な気持ちはなくても、フェリーチェにとっては、なにものにも代えがたい結びつきだった。

毎夜の夜伽で、フェリーチェもだんだんと夜の行為に慣れてくると、自分ばかりではなくヴィンフリートにも気持ちよくなってほしいと思うようになった。

つい昨晩も、自らヴィンフリートの雄芯に触れ、それを口や手で愛撫した。亀頭の裏の筋のような合わせ目を舌先でなぞると、王は気持ちよさそうに喉を鳴らす。

鈴口の切れ込みも、そこから溢れる透明な雫を舌先でなぞると、腹筋がぴくぴくする。

それも王が気持ちがいいときの反応でフェリーチェも嬉しくなった。

それは、お妃様となる王女へ指南するために、フェリーチェが試したことではない。

純粋に、心からヴィンフリートに気持ちよくなってほしいから。

なのに、この『引継ぎの書』には、どういう行為をすると、王を悦ばすことができるのか、すべて妃となるものにその知識を授けよとある。

――いやだ、話したくない。

話してしまえば、自分と王だけの大切な秘密を曝《あば》かれ、その行為を冒瀆《ぼうとく》されてしまいそうな気がする。


その夜も、フェリーチェが明日の王女との対面に心が沈み、苦い思いを抱いていることなど露も知らぬ様子で、王はいつもどおり機嫌よく寝室にやってきた。

「寂しくはなかったか？」

部屋に入るなり、目を細めながら柔らかく問いかける言葉は、まるで恋人のよう。まっすぐに見つめてくる王の瞳を素直に受け止めることができない。

ともすれば切なく王に縋り、自分だけを見てほしいと思う気持ちを戒めた。

――恋人のようだなんて、それは思い過ごしよ。

フェリーチェがなんて返事をしたらよいか戸惑っていると、ヴィンフリートはカルが横にいるのも気に留めず、小さな顎をすばやく捉えて唇を重ねてきた。

「……んっ、ヴィン、さま……、だめ」

「だめではないだろう？　そなたは余の秘巫女だ。今夜も朝まで可愛がってやろう」

その言葉にまた心がしぼむ。

そう――。王に気が向いたときに気まぐれにかわいがられるだけ。

なのに王の口づけから甘さが広がり、胸にじんと熱いものが込み上げる。

――だめよ、フェリーチェ。

僅かに残った理性が、義務を忘れるなと伝えてくる。

今日は大事なことを伝えなければならない。

フェリーチェは、ヴィンフリートの逞しい胸に手を当てて強引に押しやると、自ら口づけを解いた。

「――？　フェリーチェ、どうした？　なにを拗《す》ねている？」

頬に手を添えられて、顔を覗き込まれる。自分を見つめる瞳に映るのは、もうすぐ違う人となってしまう。フェリーチェは、いたたまれずに目を伏せた。

「……いいえ、拗ねているわけではありません。今日はお伝えすべきことがございます。明日の午後から、ルドミラ王女様への閨の指南をするよう仰せつかりました。代々、王の秘巫女に与えられたお役目です」

「閨の指南？　フェリーチェがルドミラに？」

初めてヴィンフリートが王女の名を親密そうに呼ぶのを聞いて、胸が詰まる。でも、ヴィンフリートは、フェリーチェが閨の指南をすることについては知らなかったようだ。

「――カル、それは本当か？　なぜそんなことをフェリーチェにさせるんだ？」

ヴィンフリートは、カルに向かって声を険しくした。

「ラレス女神官によると、神殿で数百年に渡って引き継がれてきたことで、秘巫女にとって最も重要なお役目だそうですよ。神殿の定める慣例には、ヴィンフリート様でも逆らえません」

カルもどうしようもできないと、肩を竦《すく》めた。

「なんと酔狂な。そんなことをしても無意味だろう。ルドミラはフェリーチェとは全く違う」

王の言い放った言葉に、胸の奥がつきんと痛む。フェリーチェだって、あの美しい王女と比べられては、足元にも及ばないのは重々承知している。

「でも、それが秘巫女の私に与えられた務めですから。これまで微力ながらヴィンフリート様にご満足いただけるよう、夜伽の務めを果たしてまいりました。これからは、ヴィンフリート様から教わったことを、心を込めて王女様に伝授しようと思います」

これは務めなのだと自分に言い聞かせる。自分のちっぽけな想いなど捨てなくてはいけない。

なのにヴィンフリートは、フェリーチェの言葉を聞くと、金色の双眸《そうぼう》を冷たくすっと眇《すが》めた。

カルもぎょっとした顔で、王の様子をちらちらと伺っている。

しんとした気まずい沈黙が続く。先に沈黙を破ったのは王だった。

「――ほう、今まで余に抱かれたのは、すべて務めだからということか。……カル、下がっていいよ」

突然冷えた声でカルに命じた。カルは王に何か言おうとしたものの、王の威圧感に気圧《けお》されたのか、フェリーチェにすまなさそうにしながら部屋を後にする。

「フェリーチェ、そなたがそれほど務めに忠実だったとは知らなかった。ならば、今すぐ、その務めを果たしてもらおうか」

フェリーチェは、突然機嫌の悪くなった王に動揺した。どうやら、フェリーチェの言葉に気分を害してしまったようだ。

「しかもとんだ思い上がりだな、フェリーチェ。お前が余を満足させていると思っているのか？　王女に伝授できるほど」

その言葉にハッとする。身分も弁《わきま》えず、軽々しく王女様に伝授すると言ったことに腹を立てているのだ。

ああ、どうしよう。そんなことを言うべきではなかった。

これまでの閨での王の反応に、知らぬ間に思いあがっていたらしい。

きっと、ヴィンフリートは王女様をそれだけ大切に思っているのだ。本当は私などではなく、自ら王女に大切に手ほどきし、睦みあいたいと思っているに違いない。

フェリーチェとの夜伽など、王にとっては取るに足らないものなのだ。私から王女に伝授する必要もないほどに。

ヴィンフリートの嘲るような言葉が、凍てついた楔のようにフェリーチェの心に突き刺さった。

「跪《ひざまず》くんだ」

威圧的な言葉に恐れをなし、フェリーチェの心臓がどくどくと早鐘を打つ。

——どうしよう。ヴィンフリート様を怒らせてしまった。でも王に抗うことなどできない。

フェリーチェが許しを請うように膝をつくと、ヴィンフリートが顎を摑んで上を向かせた。

「さぁ、どれほどうまくなったのか、確認してやろう。務めに忠実なフェリーチェ」

王は夜着のガウンの腰紐をシュルっと解いて前を寛げた。

大きく屹立した存在感のある肉棒が目の前に曝《さら》け出され、フェリーチェは息を呑んだ。

猛々しくそそり勃った太い竿の根元には、高貴な王のペニスリングが嵌《は》め込まれている。

それは王である御印《あかし》。王の仰せには、なにものも抗えない。

フェリーチェは、その禍々しさにぞくりと背筋を震わせた。

いったい何をするつもりなの？

いつもとは、様子の違うヴィンフリートに怖くなる。

ヴィンフリートが肉棒の根元を摑むと、その雄茎をフェリーチェの頬にひたりとあてがった。

淫猥《いんわい》な熱が頬に灯る。

「あ……」

「これが、これからそなたの喉の奥深くまで挿入《はい》る。手加減はしない。苦しいかもしれぬが、務めに忠実なそなたならできるだろう？」

いつもの口淫は浅く出し入れされていた。ときどき喉の奥を掠《かす》る程度だ。

それは今までフェリーチェに加減をしていたということなのか。

なのに――、喉の奥まで挿《い》れる？

ただでさえ頬張るには、王の欲望は太すぎる。どう考えても、到底、喉の奥深くなどに入るはずもない。

フェリーチェは怖くなって後ずさろうとした。だが、それを許さぬように後頭部を強く抑えられ、逃げようがない。

あっと声を上げた途端、王がフェリーチェの口の中に、肉棒の切っ先を押し入れた。

「んっ、んぅっ……」

「どうした？　咥《くわ》えるんだ」

先端だけでも、あまりに大きくて咥えるのも難しい。

その質量に息苦しくなり、目じりから涙がこぼれた。なのに容赦なく喉の奥まで挿入されて、えずきそうになる。

「……鼻で息をしろ」

どこか艶めいた低い声だ。フェリーチェは言われるがまま必死に鼻で息をした。王が腰をゆるゆると動かしはじめ、堪《こら》えられないような吐息を漏らした。

——気持ちいいのだろうか。

気が遠のきそうなほど苦しいのに、にわかに嬉しい気持ちが沸き上がる。口腔を満たす存在が愛おしい。自分だけのもののように感じてしまう。

限界まで息苦しくなると、ヴィンフリートがずるりと雄を引き抜く。その刹那、はぁはぁと涎が垂れるのも構わずに息継ぎをする。するとまた喉奥にぐいと挿入される。口の中でヴィンフリートの雄茎がいっそう質量を増し、幹を走る血管の筋がフェリーチェの頬の裏でびくびくと脈動する。

「どうだ、苦しいだろう。やめてほしいなら、そう言え。これが務めだからと我慢するな」

まるで罰を与えているように、フェリーチェの小さな口をじゅぷじゅぷと音を立てて、蹂躙《じゅうりん》する。

——苦しい。

いつ終わるかも分からない強引な口淫の苦しみに、やめてと弱音を吐きそうになる。なのに、ときおり王が耽溺《たんでき》したように漏らす吐息が、苦しみをも感じなくさせるほどの高揚感を生み出した。

苦しいのに。なのに脳が蕩けそうなほど気持ちがいい。

腰の動きを早くしていた王の肉棒がどくりと膨らみ、口の中で爆《は》ぜる。熱い飛沫《しぶき》がどくどくと喉奥に注ぎ込まれている。

「っ――出すぞ」

このままでは口一杯に溢《あふ》れて窒息してしまう……。

フェリーチェは迸る精をなん度かに分けて、ごくり、ごくりと音を鳴らして必死に嚥下《えんげ》する。ようやくすべて飲み干すと、王が満足げに引き抜いた。

それはまだ硬さを保ち、ゆらゆらと重たげに揺れている。亀頭の先端からは、精液と混じりあった唾液が白い糸を引いてとろりと垂れた。

引き出された肉棒から漂う濃密な雄の香りが、追いかけるように襲ってくる。

フェリーチェは、その淫猥な香りに眩暈《めまい》がしそうになった。

息も付けぬような激しい口淫の余韻に呆然《ぼうぜん》とする。

王がこんなに激しい口淫を求めるとは思ってもみなかった。今まではフェリーチェに対して手加減していただけだったのだ。

――なのに。

すべてを知り尽くしたように、厚かましくも王女に伝授すると言ったフェリーチェに、王が気分を害するのも当然だ。

「苦しいと言わないとは、見上げた心意気だ。だが、これだけで満足したとは思うなよ」

ヴィンフリートは忌々しそうにフェリーチェを見ると、ひょいと抱き上げ寝台に乱暴に放る。

「きゃっ」

予期せぬ事態にフェリーチェが慌てて起き上がろうとすると、王が素早く寝台に乗り上げて覆いかぶさった。フェリーチェは、逃げることも叶わず、逞しい王の身体に閉じ込められてしまう。

「フェリーチェ、まだ夜は始まったばかりだ。ルドミラに伝授するのだろう？　それならたっぷり仕込まなくては」

「ヴィン様、お許しください。私は、そんなつもりで――」

「そなたが、どんなつもりかはどうでもいい。だが務めだと思って抱かれているうちは伝授などできぬぞ。なにもかも忘れるほどでなければ、余の伽は務まらぬ」

濃艶《のうえん》に口の端を引き上げて微笑むと、はだけたガウンのポケットから小さな銀の箱を取り出した。精緻な細工の施された蓋を開け、中にあった純金と思わしき細い鎖をフェリーチェに掲げて見せた。その先端には、小さな指輪のような金の輪っかがしゃらしゃらと揺れている。

それはフェリーチェの小指よりも小さい。

「務めに忠実なフェリーチェ、そなたに褒美をやろう」

「ほ、褒美、ですか？　それは、なに……？」

指輪でも首飾りでもない。

「今に分かる」

ヴィンフリートがにやりと薄く笑いながら、フェリーチェの腰に鎖を巻きつけた。腰の両脇から細い金の鎖が伸び、その先に揺れる小さな金の輪《リング》と結びついている。

「フェリーチェ、見てごらん、このリングを。合わせ目に王家の紋章があるだろう？」

リングの真ん中にある小さな金の丸みを帯びた突起は、よく見ると王家の紋章である獅子の形をしている。かなり精巧に彫金されたものだ。

それは、まるで――。

「気が付いたか、フェリーチェ。これは余のペニスリングと対《つい》になっている」

ヴィンフリートは小さく笑い、フェリーチェの太腿を開くと、そのリングを口に含んで唾液に馴染ませた。息を呑むほどの艶めいた相貌は、そこしれぬ情炎に染まっているようだ。

――こわい。

なにか恐ろしいことをされそうな気がして、腰を捩《よじ》って震える足を閉じようとする。そんな抵抗など無意味だったようで、あっさり大きく割り広げられてしまう。

「あ、や……、ヴィン様、お許しを」

「フェリーチェ、怖がることはない。これをつければもっと気持ちよくなれる。務めなど忘れるほどにな。それにそなたは秘巫女であろうとなかろうと余のものだ。だからその印をつけておく」

「それは、どういう……」

意味が分からずに、聞き返そうとした。最後まで言葉を紡ぐ間もなく、なにか固いものがフェリーチェの花芯に触れた。その途端、鮮烈な痺《しび》れが体中を突き抜けた。

「……ひゃっ、あぁっ……ん！」

なんということだろう。一番敏感な花芯に、そのリングが嵌め込まれている。

「あ、やぁっ、ヴィン様、お願い、とって……！」

「だめだ、フェリーチェ。無理に取ると傷をつけてしまう。自分で取ってはいけないよ。それにすぐに慣れる。慣らすためにも何度か達《い》っておくといい」

いつもとは違う王のほの昏い笑みに恐れをなした。怖がるフェリーチェの頬をヴィンフリートの指がぬるりと撫《な》でる。

「……逆らってはいけない。いい子だから。余の意思に沿うのも、そなたの務めだろう？　フェリーチェ。ちゃんと夜伽の務めを果たし、余を満足させたら、その時ははずしてやろう」

頬に触れる手は優しいのに、王の含みのある声がぞくりと背筋を伝う。

——なぜ？　どうしてこんなに怖いほど腹を立てているのだろう。

酷薄そうな笑みを浮かべながら、ヴィンフリートが口をそこに近づけていく。

嫌だと声をあげる間もなく、リングを嵌め込んだ快楽の花芽を生温かく濡れたもので包まれた。ちゅくちゅくと味わうように吸われてしまう。

「あぅっ……」

フェリーチェはびくんと魚のように身体を跳ねさせた。途端にじんじんとした疼きが走り抜ける。

「ひゃぁっ……、ぁん……」

「どうだ？　悦《い》いだろう？　口の中で膨らんできたぞ。熟れた茱萸《ぐみ》のようにはち切れそうだ」

口の中の秘玉を太い舌で円を描くようにねっとりと嬲《なぶ》られ、これまでとは比べようのない快感が身体を貫いた。

「やぁぁぁ……――」

この甘苦しい刺激から逃れたい。なのに快楽を覚えた体は、王の愛撫に無力になり、瀕死の魚のようにひくひくと反応するだけだ。

リングを嵌め込まれた秘玉は、よりいっそう敏感になり堪えがたいほどの愉悦がせり上がってくる。腰が熔けてしまいそうだ。

さらに舌で容赦なく弄ばれ、ひと舐めされるごとに、ますます淫らに膨れ上がった。

熱くぬるぬるとした感触が執拗に秘玉に絡みつき、フェリーチェの官能に揺さぶりをかける。

「あんっ、ああっ……！　や、も、そこ……っん」

——もうだめ、限界だ。フェリーチェは、泣きながら懇願した。

なのに甘い声が止まらない。舌先が淫芽に触れただけで、強烈な刺激が突き抜ける。

あまりの快楽に、躰も頭もおかしくなってしまったのだろうか。

「っ……ん、ぁん……く、ふっ」

「なんと美しい。まるで宝玉だな。赤く熟れてみずみずしい。今にも弾《はじ》けて甘い汁を出しそうだ」

悶《もだ》えるほどの快感をさらにヴィンフリートが急き立てる。

舌で嬲られながら、蜜口にもつぷりと太い指を挿入されると、子宮がきゅうっと収縮してその指を締め付けた。

潤んだ花弁もひくひくと戦慄《わなな》く。熱を帯び、膨れて大きくなった淫芽にヴィンフリートの吐息が吹きかかっただけで、達してしまいそうだ。

——なのに。

「ひぁあっ！」

たっぷりと濡れた口に含まれ、葡萄《ぶどう》の皮を剝くようにじゅうっと吸い上げられた。

身体が弾け飛んでしまったようだ。

あまりの悦楽に目が眩む。両脚もがくがくと痙攣《けいれん》しているのに、指をずるっと引き抜かれ、その刺激にさえ悶えてしまう。

指と引き換えに、比べ物にならないほど太い雄茎で貫かれた途端、目の前がちかちかして真っ白になった。

「ひ……ん、やぁ、ヴィンさ……まっ、いっちゃ……」

　王の生々しい脈動を体内に感じながら、フェリーチェは挿入されただけで、たやすく二度目の絶頂に達してしまう。

「フェリーチェ、そなたは何も分かっていない。余が満足などするはずがないだろう。そなたには、飽くことがない……」

　ヴィンフリートが腰を激しく揮いだした。太い肉がずちゅずちゅと抜き差しされる。

　フェリーチェの太腿を肩に担ぎあげ、まるで上から突き刺すように、胎内の奥深くに男根が沈み込む。

　その太さ、猛々しい形がくっきりと刻み込まれてしまうような圧倒的な質量に、躰がぶるぶると震え、あえなく極みに登りつめた。

　ヴィンフリートも息を荒げて、抽挿をよりいっそう激しくする。

「――くっ」

　雄の熱が満ちた。

　王は振りたくっていた腰の動きを止め、いっとき呻《うめ》きを漏らす。

　どくんと太脈がうねった。

　鈴口から放出される熱い飛沫がフェリーチェの体内で溶け、最奥にじんと広がっていく。

『――リーチェ、お前を手放すものか』

気を失う寸前、囁《ささや》かれた言葉はフェリーチェの願望だったのか……。

王の精を受ける悦びを感じながら、フェリーチェの意識は鮮烈な快楽の渦に呑み込まれていった。

＊…＊…＊

「ああ、まったく……」

ヴィンフリートは、ぐったりしたフェリーチェを腕に抱きながら、失神させるほど激しく我欲を強いたことに自責の念を抱いた。

フェリーチェが夜伽を務めなのだと、義務のように感じていることが許せず、つい思い知らせたくなった。自分との伽をただの務めだとは思ってほしくなかった。

どうやらフェリーチェには、ヴィンフリートの理性を吹き飛ばせる力があるようだ。

彼女を抱くとき、ヴィンフリートは欲望で一杯になる。

フェリーチェも快楽は感じているだろう、だが、その快楽でさえフェリーチェにとっては、秘巫女としての務めを全うしているだけなのだ。

くそ。なんと忌々しい。

バルタザールめ。秘巫女としてフェリーチェを余にあてがうなど。

ややこしいことになった発端は、そこから始まっている。

——だが、フェリーチェが余の秘巫女でいるのも、ルドミラを妃《きさき》に迎えるまでのことだ。その夜がくれば、務めなど終わる。

「フェリーチェ、そなたとのこの関係もあと少しだ」

ヴィンフリートは、フェリーチェをぎゅっと抱きしめた。

可愛いフェリーチェ。そなたが愛おしくてたまらない。だが、これも国を守るため——。

「許せ、フェリーチェ」

国の平和のためであれば、私情を挟むことはできない。

あと少しだけの間だ。それまで、その務めを果たしてくれればいい。

そのあとは、余の秘巫女から、解放してあげよう。そして——。

「——カル、傍に控えているのだろう?」

しんとした室内に、一陣の風が吹き、天蓋から垂れるヴェールがかすかに揺れた。

「——もちろん、奥の部屋に控えていましたよ。フェリーチェ様の許しを請う声が聴こえてなんど止めに入ろうかと思いましたけどね」

いつになく憮然《ぶぜん》とした返事が返ってくる。

だが、ヴィンフリートは後悔などしていない。

この国では、兵士が戦に出陣するとき、残していく恋人との間でおこなう秘された風習がある。恋人同士しか知りえない秘めた部分に互いにリングをつけるのだ。

戦で命を落とすかもしれない。だが、死してもなお、愛する人と繋《つな》がっていたい。

そんな思いで恋人同士が密《ひそ》やかな契りを結ぶ。そのとき自分のものだという印を愛《いと》しい相手に残すのだ。そして無事に帰ってきたら、恋人自身の手でその印を外す。

だが恋人でもないフェリーチェに、それをつけたのは自分のエゴだと分かっている。でもフェリーチェに自分のものだという印をつけたかった。

——それに。

今は国中が自分の婚約祝いのムードに溢《あふ》れてはいるが、水面下で、ドーラント王が戦の準備を進めているという情報を摑んでいた。それに備えて、ヴィンフリートもすでに動いている。

いつ開戦してもおかしくはない。

万が一、この神殿に敵の兵がなだれ込めば、フェリーチェにも危険が及ぶかもしれない。かの国の兵士は女と見れば、凌辱する。

だが、フェリーチェにつけた腰の鎖の部分には、王家の紋章がところどころに嵌め込まれている。万が一、兵士に凌辱されそうになっても、王のものだという印があれば、ただの兵士たちでは、おいそれと手が出せまい。

そもそも、そんなことには、絶対にさせない。

「カル、市中の動きはどうだ？」

「……祝いの商人に紛れて、多くの敵の兵士が入国しています」

「やはりな。余の指示したとおりに事を進めておけ。ぬかるなよ」

「御意。……ルドミラ様の方は？」

ヴィンフリートは王女の名前を聞いて、機嫌よく鼻を鳴らした。

「もちろん、我が美しい婚約者殿に何かあってはことだからな。大切に守りとおせ。でないと初夜の儀を迎えられないからな」

「――初夜の儀ですか？」

怪訝な表情を浮かべるカルに、ヴィンフリートは、ふっと笑みを零した。

「そうだ。初夜の儀だ。ああ、待ち遠しいよ。ルドミラとの初夜が」

残酷な言葉を平然と吐きながら、ヴィンフリートはフェリーチェを抱きしめ、その唇を味わった。

＊…＊…＊

「まぁ……！　ここが王の寝殿なのね」

金色の柔らかそうな髪をふわりと弾ませながら、ルドミラ王女が無邪気に微笑み、王の寝殿に入ってきた。その後ろには、王女の女官が数人、付き従っている。

大きな瞳は、興味津々といった様子で輝いている。まるで春の妖精が訪れたような、軽やかな空気が王の寝殿に流れ込んだ。

フェリーチェは、寝室の隣にある応接間で緊張しながらルドミラ王女に拝礼した。

「あなたが噂《うわさ》の王の秘巫女のフェリーチェね。あなたの存在が、この国に昔から伝わる大切な神殿のしきたりだというのは聞いているわ。王が結婚の儀まで、ここにお渡りになることも。ふふ、それに王は本当は精力的な方だと聞きましたわ。私はなにも分からないので、初夜に粗相のないように教えてくださいね」

フェリーチェに優しく声をかけながら、少しはにかむ王女は、とても可憐《かれん》で愛らしい。

はじめはフェリーチェの存在を厭《いと》わしく思われるのではないかと危惧したが、古くから国に伝わる神事だと聞けば、王の秘巫女であるフェリーチェの存在も、そして王が婚姻までフェリーチェと閨を共にすることにも納得がいっているようだった。むしろ妃になる立場としては、王に溺愛する寵姫がいない方が都合がいいのだろう。

「はい、王女様。私でお役に立てることであれば、なんでもお教えいたします」

心にちくりと痛みが走る。でも、この可憐な王女がせめてヴィンフリートの初夜で怯えないように、フェリーチェは心を尽くそうと思った。それがひいてはヴィンフリートのためにもなることだ。

王女付の女官が部屋を退出すると、二人きりになった。

閨の作法は、妃となる王女だけに、包み隠すことなく話さなければならない。

引継ぎの書では、まずは口づけから教えるように指南されている。

「あの、王女様。それでは始めましょう。閨では、ヴィンフリート様はまず口づけをされると思います。その、口づけをご存じですか?」

王女が男女の交わりについて、どこまで知っているのか分からない。反応を伺いながら聞くと、王女はいきなり声をたてて笑った。

「ふふふ、フェリーチェ。そう畏《かしこ》まらないで。私たち、同い年だそうよ。私のことはルドミラと呼んでちょうだい。お友達のようにお話ししましょう。それに自国でも初夜の知識は教えられているの。王族の義務として」

鈴を転がすような声のルドミラ王女はとても魅力的だ。ヴィンフリートでなくとも、愛らしい王女に好感を持たずにはいられない。きっと国民からもすぐに慕われるだろう。

「はい、ありがとうございます。では、ルドミラ様とお呼びいたします」

「ええ、その方が話しやすいわ。じゃあ、口づけについて教えてちょうだい。王はどんな口づけがお好みなのかしら？　軽い触れ合わせるだけの口づけしかしない殿方も多いでしょう？　王族にはそういう殿方も多いと聞いているの」

「はい、ヴィンさ……、ヴィンフリート陛下は、どちらかというと濃密なほうがお好みだと思います」

とは言ってみたものの、どちらかというと、というのはかなり控えめな表現だ。

王は確実に濃厚派だ。いつもフェリーチェの舌をねっとりと嬲《なぶ》るのが好きだ。

でも、はじめからそのとおりに話してしまうと、無垢な王女は怖がってしまうかもしれない。

「では、舌をいれるのね？」

予想に反して王女は、ヴィンフリートの口づけに好奇心を覚えたようだ。

「はい、ただ、慣れるまではいきなりそこまでしないと思います」

「そうなの？　残念だわ。ふふ、内緒よ。私、口づけはしたことあるの。昔、憧れていた騎士と一度だけ。でも、それでも彼は舌までは入れてこなかったわ。だから濃密な口づけを体験してみたいの。ヴィンフリート様の口づけは、どんな感じがするのかしら？　フェリーチェはどうだった？」

無邪気に聞かれて、なんと答えていいか躊躇《ちゅうちょ》する。

「……とても素晴らしいかと」

そう、身体が蕩けてしまうほど。

「ふふ、用意されたような答えね。でも、自分で感じないといけないわね。他人の言葉では分からないもの」

うっとりした様子でヴィンフリートとの口づけに想像を巡らせている王女の頬は、薔薇《ばら》色に輝いている。

きっと、二人は仲睦まじい王とお妃様になるだろう。

こうしてじかに会って、確信する。疑念をはさむ余地もない。

ルドミラ王女は、完璧だ。フェリーチェなど足元にも及ばない。

これまで戦が続いていたドーラント王国とこのラインフェルド王国は、ルドミラ王女の輿入れによって末永い平和が続くだろう。

それはヴィンフリートがなにものにも代えがたく望んでいることだ。

ヴィンフリートのためにも王女様に心を尽くさなければ。

「あの、王女様は、おいやではなかったのですか。会ったこともない敵国の王に嫁がれることを」

あまりに邪念のなさそうな王女につい好奇心が沸き、意地悪な質問をしてしまう。

「——そうね。はじめは不安だったわ。ヴィンフリート王に関して色んな噂も聞いていたから。でも、私の輿入れで両国が結びつくなら、喜んで嫁ごうと思ったの。それが王族に生まれた私の務めでもあるし」

これまで敵国だった国に、一人で輿入れするなんてきっと内心ではとても心細かったに違いない。ましてやヴィンフリートは、軍神の生まれ変わりといわれるほど、戦場では情け容赦《ようしゃ》がないという評判だ。もし彼の逆鱗《げきりん》に触れたら、命も危うくなるのだから。

ルドミラ王女の言葉を聞いて、フェリーチェも自分の役目を改めて肝に銘じた。

秘巫女として、なるべくヴィンフリートに良い感情を持っていただけるよう、王女様を気遣ってあげなくては。自分の気持ちなど、取るに足らないものだ。

フェリーチェは自分の心を閉じ込めるように、膝の上でぎゅっと手を握りしめた。

ルドミラ王女は終始感じがよく、初日から親密な行為のことまでは聞いてこない。

ヴィンフリートの性格や好きな食べ物については当たり障りなく答えるが、王女を目の前にして、いざ、ヴィンフリートとの閨のことを話そうとすると、言葉が詰まったようにドギマギするフェリーチェの様子で、何かを察したようだった。

　これではどちらが指南をしているのか分からない。

　フェリーチェは、朗らかな王女を前にして、自分のふがいなさに情けない気持ちを抱いた。

　王女のために、心を尽くしたいという思いもある。それでも、どうしても心のどこかに、ヴィンフリートとの親密なひとときを、宝物のように大切にしたいという思いが拭えない。

　ルドミラ王女は質問を変え、閨での心得の他に、フェリーチェが話しやすい神殿の習わしなどについて聞いてきた。それを説明するうちに、その日のお妃教育はあっという間に終わった。

　さすが王女様だけあって、うまくお互いがスムーズに話ができるよう話術を心得ている。しかも身分を笠にきて驕《おご》ったところもない。非の打ちどころのない人物だった。

「フェリーチェ、今日はありがとう。あなたからヴィンフリート陛下のお好みを伺えて、とても勉強になったわ。今夜は、ヴィンフリート陛下と二人で晩餐《ばんさん》をとるの。陛下はとてもお優しいのだけど、実をいうと今まではちょっぴり近寄りがたかったの。でも、フェリーチェから色んなことが聞けて少し距離が縮まりそうよ。また明日も色々教えてね」

　天真爛漫《てんしんらんまん》に微笑む王女にフェリーチェも思わず反射的に笑みを返した。

内心の動揺を押し隠す。

「はい、もちろんです、王女様。私にお教えできることはなんなりと」

でも、いったい何を教えることがあるのだろう？　フェリーチェは自問した。

私の拙い閨での性技など聞いても、なんの足しにもならないはずだ。

王だってきっとそう思ってる。美しくて愛らしいルドミラ王女との初夜では、王自ら特別に優しく導くに違いない。ありったけの心を込めて。

そして、私はそれを見届けなければならない。ヴィンフリートが優しく甘くルドミラ王女を愛撫《あいぶ》するようすを。それが最後の務めとなるのだ。

ほどなく迎えに来た女官に傅《かしず》かれて、ルドミラ王女が王の寝殿を後にした。

誰もいなくなると、フェリーチェは膝の上でぎゅっと握りしめていた手が、いつの間にか血の気が失せて真っ白になっていることに気が付いた。

温度がなくなり、なにも感じなくなっている。まるでフェリーチェの麻痺した心のように。

その手の甲にぽたりと涙が零れ落ちた。

——なぜ涙が出るの？　悲しいから？　何が悲しいの？

美しく聡明なお妃様を迎えることはヴィン様にとっても、この国にとっても喜ばしいことなのに。

なのに、涙があとからとめどなく、ぽたぽたと零れてしまう。

「ニァ――」

猫のヴィンがどこからともなく現れて、フェリーチェの膝に飛び乗った。手の甲に落ちた涙をぺろぺろと舐《な》めると、その大きな体で、フェリーチェの手を包むように丸まった。まるで冷たくなった手を温めてくれているようだった。

でもこの冷えた心を温めることができるのは……。

そう思ってかぶりを振った。それは望んではいけないことなのだ。

「ヴィン様、ありがとう――。私には、お前がいてくれるものね」

フェリーチェは沈んだ心を鼓舞するように、猫のヴィンをくしゃくしゃと撫でた。


あくる日のこと。

「ねぇ、王の寝室を見せてくださらない？」

「えっ？」

昨日ときっかり同じ時間に、お妃教育の中でも秘事《ひめごと》とされる、閨の指南を受けに来た王女が突然、寝室を見たいと言い出した。ラレス女神官からは、閨の指南は王の寝殿にある応接室で行うようにと言われていた。

だから王女とはいえ、王が御寝《ぎょしん》する部屋に通していいかどうかフェリーチェは戸惑った。

それだけではない。

王の寝室は、フェリーチェとヴィンフリートだけの場所だった。

その場所を見たいと言われ、心の中にどろどろとした嫌悪が広がっていく。

——やめて。見せたくない。だって、あの寝室は私の居場所だもの。今は、王の秘巫女である私だけの場所だ。

でも、初夜の儀は王の寝室で行われるのだ。

「ねぇ、いいでしょう？　実をいうと、ちょっと不安なの。初夜はこの神殿の王の寝室で行うと聞いたわ。フェリーチェの引継ぎの儀のあとに。フェリーチェにとっては、いつもの場所かもしれないけど、私にとっては初めての場所よ。そんなところで初夜を迎えるなんて、余計に緊張するわ。お願い、私も初夜の心構えのために、あらかじめ見ておきたいの」

王女の目は真剣だった。こんなふうに懇願されては、フェリーチェも異を唱えるなどできない。

「では、少しだけ——。あの、調度品には触れないでください。もし王女様に何かあっては困るので」

念のためそう言うと、フェリーチェは隣の寝室に王女を誘《いざな》った。

王の寝室は壁も調度品もすべて黄金で装飾されており、煌《きら》びやかで日中は眩《まぶ》しいほどだ。でも夜になると、燭《しょく》台の蠟燭《ろうそく》の灯りに黄金がうっすらと艶めかしく浮かび上がる。

寝室の中央にある大きな寝台は、天蓋が大きく張り出して、精緻な彫刻が施《ほどこ》されている。

部屋の四隅には大小の燭台があり、花器には意外にもカルが毎日、みずみずしい花を活けてくれている。

王女は、寝室を一目見て、ごくりと喉を鳴らした。

「噂では耳にしていたけど、ここは本当に夜伽のためだけの場所なのね。なんて大きな寝台なのかしら。ここで初夜を迎えるのね」

王女が驚嘆したような声を出し、寝台に近づいていく。

「天蓋のヴェールは意外に厚いのね。よほど近くじゃないと中が透けて見えないわ」

どこかほっとしたような声だ。

「中を見てもいい？」

王女がヴェールに手をかけてフェリーチェを見た。

フェリーチェは、ゆっくり頷《うなず》いた。ここは本来、王女が王との初夜を迎えるための特別な部屋なのだ。

本当は私への許可など必要ない。見せたくないと思うのも、私の我が儘《まま》だ。

それでも、好奇心も露《あらわ》な王女を見ていることができなくて、フェリーチェは顔を背けた。

王女が、そうっとヴェールを押しやって中を覗き見る。四柱式の寝台の中はとても広い。

今は性交の痕跡など何もないように寝台は皺《しわ》一つなく整っているはずだ。

「ねぇ、フェリーチェ、夕べも王に抱かれたの？」

王女がフェリーチェを振り返り興味深く見た。

「あ、あの、昨夜はお越しになりませんでした。当分、政務がお忙しいようでこちらには来ないようです」

それは、フェリーチェが秘巫女になってから初めてだった。いつもはどんなに政務で遅くなろうとも、必ずこの王の寝殿にやってきたというのに、昨夜は、これから当分、忙しくて王のお渡りはないとラレス女神官が告げてきたのだった。

それは王女への閨の指南が始まったことと関係しているのだろうか。

「ふぅん、そう」

王女は気のない返事をして、寝台をぐるりと回ってじっくりと見ている。まるで何かを検分しているかのようだった。フェリーチェは、二人の夜伽を見透かされているようで、落ち着かなかった。

「あの中庭は？」

ふと王女が顔を上げてテラスの方を見た。

「はい、この王の寝室は六角形に設計されていて、中央に中庭があるんです。どの部屋からも庭を見ることができます」

「では、あの中庭は外には通じていないのね」

「はい、出入り口は王女様が入って来られた扉だけ。一度この王の寝殿に入れば、その扉以外、外には出られません。王女様がお越しになるときは、扉の外で衛兵や随行の騎士が何人もお守りしていますから安心です」

ほんの一瞬、王女の美しく弧を描く眉が顰《ひそ》められたような気がした。

「ありがとう。フェリーチェ、見ておいてよかったわ。揺らいでいた気持ちの整理ができました。応接室に戻りましょう。聞いてほしいこともあるの」

何か秘めたことを決心したような声に感じたのは、気のせいだろうか？

応接室にもどると、テーブルにはカルが用意したのだろう。冷えた水で割った林檎酒《りんご》が置いてあった。ルドミラ王女は桜貝のように小さな口をつけてこくりと喉を潤すと、フェリーチェにはにかんだ笑顔を見せた。

「フェリーチェ、聞いてくれる？　私ね、実は教えていただいたの」

「まぁ、何をですか？」

「うふふ、今日、ここに来る少し前に王と二人で庭園を散歩したの。その時……、キスされたの」

不意打ちのような告白に、フェリーチェは林檎酒のグラスを取り落としそうになった。

「ここに来るときに、途中まで送ってくださって。その時、神殿の中にある庭園の花が見ごろだといって誘われたの。王から誘われたのは初めてで、もちろんそれだけで嬉しかったのだけど」

楽し気に口元を綻《ほころ》ばせ、王とのひと時を思い返しているようだ。

「もちろん、ただの軽いキスじゃないわ。私を味わうようにキスされたの。頭がぽうっとしてしまって……」

うっとりとした様子で目を伏せ、ほぅっと感慨深げに溜《た》め息を漏らしている。

フェリーチェは、必死に笑顔を保とうとした。なのに心が動揺を隠せない。

……ヴィン様が、キスした――。

当たり前だ。ルドミラ王女は、正式な婚約者なのだから。

フェリーチェの心に、二人だけの大切な絆が、砂のように脆《もろ》く崩れていくような喪失感が広がった。

これまでヴィン様のくちづけを当然のように受けていた。

濃厚で、それでいて蕩けるような感覚を。それを与えられたのは、自分だけじゃない。

ヴィン様は、ルドミラ王女ともキスを分かち合った。

なにか言わなければいけないと思うのに、言葉が喉で詰まって声がでない。

「すごく素敵な感覚だったわ。王の唇はすごく熱くて……。フェリーチェにあらかじめ聞いておいて、心の準備ができていたから、そんなに驚かなかったわ」

フェリーチェはごくりと唾を飲み込んだ。まるで苦い薬を飲み込んだような味がする。

「よかった、ですね……」

なんとか声を絞ると、苦しさを追いやって幸せそうなルドミラ王女に向かって小さく微笑んだ。それでも、心の中にできた大きなしこりを無いものにはできなかった。

――どうしよう。

じんと目頭が熱くなって、瞬き一つすれば、涙がこぼれてしまいそうだ。

「ニァ――ゴ」

ふいに猫のヴィンが膝に乗って、フェリーチェの唇をペロリと舐めた。

「きゃっ、ヴィン様……！　こら、やめてっ！」

なおも猫のヴィンが顔中をぺろぺろ舐めるものだから、フェリーチェは苦笑いしつつ逃れるように顔を躱《かわ》した。

おかげで零れそうな涙もどこかに行ってしまったようだ。

「その猫……、もしかして陛下の飼い猫？」

ようやく猫のヴィンを落ち着けると、フェリーチェはなんとか平常心を取り戻し、王女にやっと明るい笑顔を見せた。

「はい、よくご存じですね。実は陛下から賜《たまわ》った猫なんです。私がお世話をするようにと」

「今日もヴィンフリート陛下が言っていたのよ。可愛い銀の猫を飼っていると。やっと手に入れた大切な猫だから、いつも腕に抱いて寝ているのだと」

ルドミラ王女は首をかしげて猫を見た。

「確かに銀色の毛をしているけど、毛先はちりちりだし、お世辞にも可愛いとはいいがたいわね」

その毛並みを確かめるように触れようとして、ほっそりした手を伸ばした。

「ナァ――！」

「きゃっ！」

爪を立てた前足が王女の手をしゅっと掠《かす》めた。ぶわりと逆毛を立てて、王女を威嚇《いかく》する。

「こら！　ヴィン様、何てことするの!?」

慌てて猫を制すると、王女が驚いて自分の手を抑えていた。

「王女様……！　申し訳ございません。お怪我は？」

「……大丈夫、驚いただけ。なんともないわ。どうやら嫌われてしまったみたいね」

「そんなことは……、この猫は、めったに懐かないんです。私にも初めはすごくそっけなかったですし」

とはいえ、フェリーチェには逆毛を立てて威嚇するほどではなかった。

猫のヴィンは、なにもなかったように指先の肉球をぺろぺろと舐めている。

……まったくもう、暢気《のんき》なものだ。もし傷を負わせていたら、きっと罰を与えられてしまったというのに。

でも、まるで私たちの話を分かっているかのように、割って入って自分を慰めてくれたようだ。同じような名前でも、この猫のヴィンは、王女とはいささか相性が合わないようだと思うと、少し気分が軽くなった。

「この猫の好物は何かしら？　陛下の飼い猫だし、私も仲良くなりたいわ」

「はい、あの苺《いちご》が大好物なんです」

苺、という言葉に反応したのか、ヴィンが顔を上げて耳をぴくぴくさせた。

「――そう、苺なのね」

ルドミラ王女は、うっすらと微笑んだ。

「そうしたら次は、とっておきの甘い苺を持ってくるわ。私の国の特産でもあるの」

「まぁ、そうしたらすぐにもヴィン様は王女様に懐きますよ」

結局は、王もこの猫も、ルドミラ王女に魅了されるのだ……。

フェリーチェは、僅《わず》かな寂しさを感じながら、ヴィンをふわりと撫《な》でた。

第7章　見えない真実と嫉妬

「もう、どこに行っちゃったのかしら」

数日後の夕暮れ。

いつもなら、この時間は悠然と王の寝台に上がって惰眠を貪っている猫のヴィンが、また行方不明になっている。時折、中庭の木に登って屋根を越え、王の寝殿から抜け出すことはあったが、おやつの時間にはちゃんと戻ってくる。ここにずっと閉じ込めておくのも可哀そうだとフェリーチェは、猫のヴィンの好きにさせていた。

思いがけず遠出してしまっただけで、そろそろ戻ってくるのだろうか。

「ねぇ、猫のヴィン様を見なかった？」

お茶を飲む手をとめて、最近入った世話係の若い女官に聞く。

今、王宮は王とルドミラ王女の婚礼のために、各国から祝いの使節や、国賓である王族がぞくぞくと来国しているらしい。カルも婚儀の準備に駆り出されてしまい、フェリーチェには身の回りの世話をする新しい女官がつけられたのだ。

「はい、神殿の庭園の方でよくお見かけしていますから、まだそのあたりにいるかもしれませんね。それに今宵は精霊祭ですから、もしかしたら珍しがって覗いているのかもしれませんよ。お探ししてきましょうか？」

「そうね、ヴィン様は好奇心が旺盛だから……。でも私が探してくるわ。ヴィン様が見つかったら、散歩がてら一緒に精霊祭をちょっと見物してくるわね。あなたはヴィン様の夕食の支度をしておいてくれる？」

「それでは、お供の近衛兵をつけましょう」

「いいえ、いいわ。近衛兵がいたら人見知りのヴィン様が余計に警戒して近づいてこないもの。つけなくても大丈夫よ。それに私はずっと神殿で育っているから、供などいなくても神殿のことは隅から隅までよく知っているの」

そう強く言いおいて王の寝室を出ると、フェリーチェはほっとした。猫のヴィン様を探すためとはいえ、一人で部屋の外に出られるのは嬉しい。このところ、フェリーチェが王の寝殿を出るたびに、誰かに命じられたのか、近衛兵が必ずぴったりと付き従ってくるのだ。

王の寝殿の中にばかりいると、よくない事ばかり考えて、どうしても気分が塞いでしまう。ルドミラ王女の閨《ねや》の指南が始まってから、ヴィンフリートのお渡りがすっぱりとなくなったのだ。

ラレス女神官の言うとおり、政務が忙しいせいなのだろうか？

もしかするとこのまま初夜の儀の日までヴィンフリートが渡ってこないのではないかと

不安になる。

王のお渡りがなくなってからもうすぐひと月だ。

でも、その原因は自分にあると思う。

閨の指南が始まる前日の夜、そんなつもりはなかったとはいえ、高慢にも王女に夜伽を伝授すると、つい口が滑ってしまった。

すべてはあの日の夜が発端だ。

フェリーチェの言葉に気分を害したヴィンフリートは、罰を与えるようにフェリーチェを抱いた。

その夜以来、まるで手のひらを返したように、ぱったりとお渡りがない。

――私にずっと腹を立てているのだろうか。

王女への閨の指南が終わっても、ヴィンフリートはフェリーチェのもとを訪れていない。

婚儀が近づいたため、ルドミラ王女や王女の祖国に配慮しているとも考えられる。

いずれにせよ、フェリーチェが王女に教えられることは、もう何もない。

王だって秘巫女《ひめみこ》と閨を共にすることは、生理的な性欲を満たすためとはいえ、この国に代々伝わる古いしきたりに従っていただけだ。独り身ならまだしも、婚約も決まり、もうすぐ妃を迎える立場であれば、あえてお渡りする必要はないのだろう。

それでも――。

前は昼間にひょっこりと様子を見に来てくれたときもあった。

異国から献上されたという、珍しいお菓子を持ってきてくれて、政務の隙間の僅かな時間なのに、中庭で一緒にお茶の時間を過ごしたこともあった。

ほんの二月《ふたつき》ほど前は、和やかに過ごしていたのに、まるで遠い昔の思い出のようだ。

——心に痛みなど感じる方がおかしい。

王がお妃様を迎えるまでと、初めから分かり切っていたことなのだから。

フェリーチェは王への想いを振り払うように、回廊から庭に続く扉を勢いよく開けると、寝殿を出て庭園に向かった。


「ヴィン様……？　どこにいるの？　私よ、おいで——」

物思いに耽りながら猫のヴィンを探しているうちに、いつの間にか西の空に薄昏い夜の帳が降りてきた。

いったいヴィン様は、どこにいったのだろう？　神殿の庭園にはいないようだ。

とすれば、やはり精霊祭を面白がって見ているのかもしれない。

今宵は年に一度の精霊祭だ。

この夜は、未婚の女性が神殿を流れる清流に、恋花燈《れんかとう》という花を模《かたど》ったキャンドルを浮かべる習わしがある。

恋花燈に好きな人の名前を書いて浮かべると、その想いが通じるといわれている。さらに恋人に贈られた恋花燈を二人で一緒に浮かべれば、末永く結ばれるというジンクスがあるのだ。

若い女性にとっては、年に一度の大切な行事だった。

この日の夜は、貴族の子女が神殿にやってきて、願いを込めて思い思いの恋花燈を清流に浮かべるのだ。

フェリーチェは、小さい頃によく水遊びをした清流に沿って、猫のヴィンを探しながら川を遡っていると、いくつかの恋花燈が上流から流れてきた。

少女らの願いを秘めた恋花燈の灯が、昏い水面《みなも》に反射してゆらゆらと揺れている。ゆるく曲線を描く清流の流れに身を任せるように、ゆったりと揺蕩《たゆた》うように流れてきた。

それはまるで、花たちの舞踏会のように美しい。

フェリーチェは、しばらくその幻想的なようすに魅了された。

対岸では、フェリーチェと同い年くらいの女の子が侍女を連れ、淡い桃色の恋花燈に、祈りをこめて灯《あか》りをともしている。大切そうに水面に浮かべると、胸に手を当ててその行方をじっと見つめていた。

フェリーチェは、それさえも羨《うらや》ましく思う。

恋花燈を流すということは、少なくとも両想いになれる可能性を秘めているからだ。

フェリーチェが恋花燈を流したところで、恋が叶う望みはない。

それでも――。

……ヴィンフリート様と一緒に流せたら。

叶わぬ恋でも、一緒に恋花燈を川に流せたら、どんなにロマンチックだったろう。

そんなことをお願いしたところで、王は政《まつりごと》で忙しく、一緒に精霊祭を楽しむ余裕などあるはずがない。お渡りがなくなってから、フェリーチェが何度か手紙を書いて様子を尋ねても、王からはひとつも返事が返ってきていない。きっと婚儀の準備もあって忙しいのだろう。

もしかしたら手紙を読む時間さえないのかもしれない。十分な睡眠はとれているのだろうかと心配になる。

せめて一目でも会えたなら、安心できるのに……。

でも秘巫女は務めが終わるまでは、この神殿の敷地から出ることは許されていない。城に王の様子を見に行くことはできないのだ。

深い溜め息をつくと、フェリーチェは再び上流に向かって歩き出した。

この清流は、上流にある神殿の泉から流れ出ているものだ。

「もう、ヴィン様ったら、何処《どこ》にいっちゃったの……？」

もしかしたら入れ違いに王の寝殿に戻っているのかもしれない。これ以上、川を遡っても無駄だろう。

諦めて引き返そうとしたとき、清流の少し先の方で、仄かな月明かりに照らされて揺れる人影が目に入った。聞き覚えのある鈴を転がすような軽やかな声が聞こえてくる。

――ルドミラ王女様？

フェリーチェが顔を上げて清流の先を見ると、向こう岸に人影がある。

目を凝らすと、それはやはりルドミラ王女だった。すぐ傍には、長身の男性が王女を見守るように寄り添っている。

王女は侍女から、この日のために特別に誂《あつら》えたであろう美しく華やかな恋花燈を受け取った。長身の男性が、その恋花燈に燧石《ひうちいし》で火を点《とも》す。

キャンドルの灯に浮かび上がる男性の顔に、フェリーチェは息が止まりそうになる。

ルドミラ王女は、その男性が点した火が風で消えないように、そっと手をかざしている。

その様子は、誰が見ても想い合う恋人同士のよう……。

「さぁルドミラ、火がついたよ。だが、こんな迷信を信じても意味がないと思うが」

「まぁ、陛下。何をおっしゃいますの。私は陛下に恋しているのです。だから末永く結ばれるよう、恋花燈に願いを込めて川に流したいの」

王女が大事そうに恋花燈を受け取ると、そっと清流の水面に浮かべた。

思いがけず二人の仲睦まじい様子に遭遇して、フェリーチェは、胸にずきんと痛みが込みあげ立ち竦《すく》む。

ヴィンフリートは、フェリーチェへの手紙の返事が書けぬほど忙しくなんかはない。

忙しくて来れないというのもただの口実だった。

こうして今は、ルドミラ王女と一緒の時間《とき》を過ごしている。

すべての感覚が麻痺してしまったかのように呆然としていると、王女の恋花燈がくるくると回りながら、フェリーチェの方に流れてきた。

「まぁ、フェリーチェじゃない？　フェリーチェ！」

王女がフェリーチェを見つけて手を振った。すると背後のヴィンフリートが、途端に苦虫を嚙《か》み潰したような顔になる。王女との二人の時間を邪魔したフェリーチェを厭《いと》うように。

——いやだ。

フェリーチェは二人を無視してぱっと踵《きびす》を返し、その場から逃げるように走り出す。

いやだ、苦しい——。心が粉々に砕けてしまいそうだ。

言葉では言い尽くせない嫉妬の炎に、生身のまま焼かれてしまいそうだ。

「フェリーチェ、待てっ！」

小さな石橋を渡って、ヴィンフリートが後を追ってきた。すぐに追いつかれて、フェリーチェはヴィンフリートにたやすく腕を摑《つか》まれてしまう。

「いやっ、は、離してっ……」

「くそ。フェリーチェ、なんだってこんなところに一人でいる!?　供の者はどうした？」

ヴィンフリートが摑んだ腕に力を込めた。

「——っ」

涙で視界がぼやける。でもこの涙は腕の痛みだけじゃない。

ヴィンフリートが痛みに歪んだ顔を見て、はっとして少し力を緩めたが、なおも逃げられないように腕は掴んだままだ。

「フェリーチェ、どうしてここにいる？　それも一人で。答えろ」

「お、お二人のお邪魔をするつもりはありませんでした。ヴィン様が……、猫のヴィン様が、またいなくなってしまって探してたんです」

するとヴィンフリートがあからさまに舌打ちした。

「猫は探しておくように近衛兵にでも言っておく。お前は神殿の中に戻れ。婚儀の夜まで余の寝殿から一歩も出るな」

フェリーチェは、その言葉に心が抉《えぐ》られるような気がした。

どうしてこんなに私に腹を立てているの？　私だって好きで、ヴィンフリートと王女の姿を目にしたわけじゃない。

堪えきれずに涙がぽろぽろと流れでて、嗚咽までも漏れてしまう。

こんなみっともない姿は見せたくない。

なのに初夜の儀まで王の寝殿から一歩も出るなと言われるほど、目にするのも邪魔な存在になってしまったのだろうか。

「――リーチェ、泣くな。……今は大人しく余の言うことを聞け」

ヴィンフリートは幾分声を落として、フェリーチェの背中をあやすようにぽんぽんと撫《な》でた。その手の温もりが懐かしくて、胸が切なくなる。

陛下の体温が恋しい。そう思ったとたん、あっけなく手が離れた。

追いついた側近の近衛兵に指示して、フェリーチェを王の寝殿まで送るよう言いつける。

「フェリーチェ、秘巫女《ひめみこ》としてのそなたの務めも、残すところ初夜の儀の夜だけだ。そのあとは……」

ヴィンフリートはフェリーチェに顔を寄せて何か言いかけた。ほどなく背後からルドミラ王女や侍女が近づいてくるのに気づくと、近衛兵に今すぐフェリーチェを送るように促して、王女の元に戻っていった。


それはフェリーチェにとって衝撃的な出来事だった。

ヴィンフリートとルドミラ王女は、政略結婚とはいえ、まるで恋人のように寄り添っていた。なんといってもヴィンフリートの優しげな声がそれを物語っている。

あんなに美しくて、聡明な王女様だもの。心惹《ひ》かれるのも当然といえば、当然だ。

フェリーチェには、もう興味さえも失ってしまっている。目にするのも煙たい存在になっているのだ。

忙しくてお渡りがなかったわけじゃない。意図的に避けられていたのだ。

手紙の返事だってあるわけがない。恋人でも婚約者でもないフェリーチェからの手紙を鬱陶《うっとう》しいと思ってたのだろう。

『残すところ、初夜の儀の夜だけだ……』

まるで、積みあがった仕事を片付けるような口ぶり。

フェリーチェを抱くことは、ただの義務。

初夜の儀さえ終われば、ヴィンフリートは本当に好いている女性と、夜ごと睦みあうことができるのだ。

「さ、フェリーチェ様、陛下のご命令です。王の寝殿にお戻りを」

近衛兵に促されたものの足が鉛のように重い。それでも、とぼとぼと歩き出すと、小川の近くにある林の繁みから、動物の小さな呻《うめ》き声のようなものが聞こえてきた。

フェリーチェは、はっとして耳をそばだてた。

あの声は……？

まるで苦しがっている……猫のような。

もしや――。

ぞわりと鳥肌が立つ。なぜだか、不吉な予感がする。

「フェリーチェ様っ⁉　どこへ⁉」

体が勝手に動いていた。近衛兵が慌てて引き留めるのを振り払い、呻き声のした林に向かって走り出す。

尖《とが》った枝がフェリーチェの腕や足を傷つけるのも構わずに、がさがさと繁みをかき分けて進んでいく。すると少し開けたところに、何かが横たわっていた。

「ヴィン様っ！」

口から泡のような涎《よだれ》を垂らして力なく横たわり、時折、苦しげに鳴いている。昼に目にしたときのいつものヴィン様とは様子が全く違う。

これは、病気なんかじゃない……。

なにか悪いものでも食べたのだろうか。

横たわる猫の近くで、小鳥も数羽ほど死んでいた。その小鳥の傍には、かじりかけの苺《いちご》がぽつぽつと転がっている。

　――まさか。

　背筋がぞっと戦慄《わなな》いた。

「……ヤオ――ウ……ン――」

　鳴き声が尋常じゃない。

　フェリーチェは、秘巫女になるための授業で、ひととおり毒に関する知識も習得していた。いざというときに王を助けるためだ。人間はもちろん小動物に到るまで、毒を摂取したときの症状を事細かに習っていた。

　ヴィンの時折見開かれた瞳が、夜だというのに昼間のように縮瞳《しゅくどう》したままだ。

　このままでは、死んでしまう……！

「ヴィン様、死なないでっ」

　フェリーチェは、猫のヴィンを腕の中に抱きしめた。ほとんど体温を感じない。しかも体中がぶるぶると小刻みに震えている。

すぐに解毒薬を飲ませなくては。

急いで胸元から下がる銀細工のペンダントに手をあてた。

『――フェリーチェ、これは神殿でも最も貴重なもの。このペンダントの中には、ある薬が入っている。この薬を小瓶に入っている聖水と一緒に飲ませれば、どのような毒からもその身を救うことができる』

でもこれは……。

『この薬はたった一つしかない。よいか、いざという時、誰に使うべきものか分かっておるな』

フェリーチェは、ペンダントの蓋を開けようとして躊躇《ためら》った。

誰に使うか念を押すようにフェリーチェをじっと見据えていたバルタザールの鋭い視線。

王以外のものに使うことなど許されない。ましてや飼い猫などには。

もしも、今この薬を猫のヴィン様に飲ませてしまったら、万が一、王が毒に犯されたときに助ける術《すべ》が無くなってしまう。

「ナ……ァ……」

腕の中のヴィンの体が、どんどん冷えてくる。

はぁはぁと荒かった呼吸が次第に小さくなり、か細く息を吸うのがやっとのようだ。ひとつ継がれた後の、次の呼吸の感覚も長くなっていた。

――死期が近づいている。

「いやっ！　これからずっと私の傍にいてくれるんでしょう？　死んじゃだめっ！」

フェリーチェは、胸のペンダントから、小さな白い丸薬を取り出した。

逡巡《しゅんじゅん》することなく、ヴィンの口を開け、喉の奥に指を挿れて薬をぐっと押し込めた。

「飲んで、飲んで！　ヴィン様、飲んで……。飲むの！」

フェリーチェはポケットから小瓶を取り出し蓋を開けた。ヴィンの口元にそっと近づけ、中に入っている聖水をほんの少し流し込む。

フェリーチェの必死の思いが通じたのか、渾身の力を振り絞るように、こくりと小さく喉が動いた。

――飲んだ。

フェリーチェは、嬉しさに胸が震えて、ヴィンの体を抱きしめた。

「おい、いたぞっ！」

近衛兵数人が、ほっとした声を上げて近づいてきた。

「フェリーチェ様、驚かさないでください。いきなり走っていなくなってしまって……。陛下に知られたらクビになるところですよ。あれ？　その猫は……？」

ヴィンを抱いたまま、近衛兵に支えられて立ち上がった。腕の中の猫の体温が少しずつ、温かさを取り戻してきている。

「この子をずっと探していたの。迷子になっていたから。でも見つかってよかった。

さぁ、寝殿に戻りましょう」

フェリーチェにとっては、猫のヴィンも何物にも代えがたく大切だった。王から賜った贈り物でもある。初めての夜伽の褒美として。それに猫であっても大切な友達だ。

だから、たった一つしかない薬を飲ませたことを後悔はしていない。

もしも陛下に危険が迫ったら……。その時は、自分が身代わりになればいい。

――そう。

私の務めは夜伽《よとぎ》の他に、まだあるのだ。

「ナァ――ン」

すこし元気を取り戻し、ヴィンが甘えた声で鳴き始めた。

「ヴィン様、もう苺はこりごりね？」

すると「苺」という言葉に耳をぴくんとさせて、大好きな苺を探すように目をきょろりとした。

フェリーチェは、その仕草に呆《あき》れてしまう。

「まったくもう、こんなに心配させておいて。お前も懲《こ》りない猫ね。もう苺につられては絶対ダメ！」

そう叱りながらも、フェリーチェの瞳には嬉し涙が滲《にじ》んでいた。

フェリーチェの看病の甲斐《かい》もあって、数日後には、猫のヴィンはすっかり元気を取り戻したようだ。

お腹がすくと円卓に上がり、もふもふした尻尾をぺちんとはじいて食事のおねだりをする。絶対に床では食べようとしない。きっとヴィンフリートが仔猫の頃から、膝にのせて手づから食べさせたりと、甘やかしていたせいだろう。

内心呆れながらも、フェリーチェは、この猫が命を落とさなくてよかったとホッとする。それに看病している間は、ヴィンフリートとルドミラ王女のことを考えずに済んだからだ。

それにしても、本当にあの苺に毒が入っていたのだろうか。今となっては、もう確かめることもできない。

神殿に戻ったあと、猫のヴィンの容体が落ち着くと、フェリーチェは送り届けてくれた近衛兵にお願いして、林に戻ってもらった。落ちていた苺を拾ってきてくれるように。

でも結局、なにも残っていなかったという。苺らしきものも、死んだ小鳥さえも。

(苺はドーラントの特産でもあるの)

ふいに王女の言葉が頭を過《よぎ》る。王女は、猫のヴィンの大好物が苺だというのも知っている。

まさか、王女様が……？

ふと疑念がもたげたが、フェリーチェはそんなはずはないとすぐに打ち消した。

――どうかしてる。きっと私の嫉妬心が正常な判断を鈍らせているんだわ。

それに苺だけではない。あの辺には毒草も生えている。間違えて毒草を口にしてしまったとも考えられる。

でも床でものを食べないヴィン様が、その辺に生えている草を食べるかしら？　それこそ、あり得ないのでは？

フェリーチェが思いを巡らせていると、王の寝室の扉が開いて先導の神官が姿を現した。

「大神官バルタザール様のお越しにございます」

「バルタザール様が？」

思いがけないバルタザールの訪問に驚いて思わず腰が浮く。

フェリーチェが王の秘巫女となってから、バルタザールは一度も王の寝室に足を運んだことはない。王の訪れがぴたりとなくなったことに、苦言を呈しに来たのだろうか。

身を強張らせて出迎えると、バルタザールは付き従っていた神官らに手を振り、人払いをした。

「フェリーチェ、久しぶりじゃのう。少し痩せたのではないか？」

意外にも、バルタザールは満面の笑みを浮かべている。

「そら、お前の好きなクルミ入りの菓子を持ってきたぞ。一緒に食べようではないか。お茶を淹れてくれ」

「ナァ――ン」

食べ物の匂いを嗅ぎつけたのか、猫のヴィンがバルタザールに近づいて猫なで声を出す。

フェリーチェは、その態度にむっとした。いつも世話をしている自分にはそんな猫なで声を出さないからだ。

「おお、お前もいたのか。よしよし、あっちで食べようぞ」

あっけにとられるフェリーチェに菓子の入った包みを渡し、バルタザールと猫のヴィンは仲良くテーブルに向かった。

「……あの、バルタザール様、今日はどんな御用でいらっしゃったのですか？」

フェリーチェは、王がよく好んで飲んでいた金花茶を淹れると、バルタザールにカップを差し出しながら思い切って尋ねてみた。

大神官は、国を挙げての慶事である王の婚儀を執り行うその人だ。その大神官が、婚儀の準備に多忙な合間を縫って、わざわざお茶を飲むために、フェリーチェに会いに来るはずはない。

「うむ、最近お前が元気がないとカルからきいてのう。お前はわしの拾いっ子だからな。何があろうと、わしはお前の味方だと伝えに来たんじゃよ」

その言葉に、胸が熱くなる。

「……ありがとうございます」

自分のことを親身に心配してくれる人がいると思うと、おのずと元気が出そうな気がする。

「それで、何を思い悩んでおる？　――王のことか？　王が最近、ずっと渡ってこぬからか？」

バルタザールが、皺《しわ》の刻まれた瞼の奥から澄んだ瞳でじっと見つめてくる。まるでフェリーチェの心の奥を見透かすように。

嘘はつけない。

フェリーチェは、こくりと頷いた。

自分は王の秘巫女なのに、務めを忘れて王に恋をしてしまった。だから辛いのだ。王のお渡りがなくなってしまったことが悲しい。

それにも増して、ヴィンフリートが他の女性と心も躰も結ばれると思うと、魂が削《そ》がれるような気持ちになる。

「……申し訳ありません。すべては私のせいです。お役目を忘れて、ヴィンフリート様を……、好きに、なってしまって……」

それだけなんとか答えた。言いながら涙がぽろぽろと零れてくる。

バルタザールはフェリーチェの顔をみて、よしよしと頭を撫でた。

「よいか、フェリーチェ。上辺に見えることばかりが真実ではないぞ」

「……真実？」

フェリーチェは顔を上げた。

どういうことなのだろう？

「そのように泣いて腐心することなどない。お前ならちゃんと気づく。冷静に真実を見極めることが大切じゃ」

「ナァ——ン」

分かっているのか、いないのか、猫のヴィンまでバルタザールに同調するように鳴く。

「最後の夜伽で大切なことは、真実を見ることじゃ」

——真実を見ること。

それは王と本当に結ばれるのは、王女様だということなのだろうか。

だから二人を心から祝福するように諭しに来たのだろうか。

「……はい、大神官様……」

フェリーチェは、力なく返事をした。

王と王女の婚儀の夜には、秘巫女としての最後の務め、『引継ぎの儀』が行われる。

それは、無情にも明後日に迫っていた。

＊…＊…＊

——とうとうこの日が来た。

ヴィンフリートが精霊祭でフェリーチェに言ったとおり、ずっと王のお渡りがないまま、いよいよ今日、王と王女の婚礼が執り行われる。

今宵、王妃となった王女は、この寝殿で初夜の儀を迎えることとなるのだ。

王のお渡りが遠のいてから、フェリーチェの身の回りの世話をする女官はたった一人になっていた。

いつもは閑散とした王の寝殿も、今日のこの日は、神官や女神官が大勢送り込まれ、初夜の儀の準備に蜂のように飛び回っている。

王の寝殿の管理を任されているラレス女神官が、時折指示を出しながら、彼らの様子を注意深く見守っていた。フェリーチェも秘巫女として、午後からは清めの沐浴など、いくつかの儀式が控えている。

「フェリーチェ様、いよいよ今夜は王の秘巫女としての最後の務めになります。王や王妃様に粗相のないように『引継ぎの儀』の務めを恙《つつが》なく果たされますように」

ラレス女神官が念を押すように言った。

王のお渡りがぱったり無くなったフェリーチェのことを、夜伽で王の不興をかったと思っているらしく、今夜の『引継ぎの儀』が無事に終わるかどうか、危惧しているのだろう。

「はい、最後の務めに心を尽くします」

それでもラレス女神官は、訝《いぶか》るような表情を浮かべた。

「今日は午前中に王と王女は神殿の大聖堂で婚儀を挙げます。午後は各国の使者たちとの謁見が続いて、夜は祝いの晩餐会が盛大に執り行われる予定です。晩餐会が終わったあとに、ヴィンフリート陛下とルドミラ王妃は、この王の寝殿にお渡りになりますからね」

フェリーチェは無心を装って頷いた。

一昨日、大神官のバルタザールに諭された後、フェリーチェは一切私情を挟まないように努めていた。未練を引き摺ったまま、ヴィンフリートとの最後の夜伽を務めたくはなかったからだ。

冷静に、真実をみつめて、秘巫女として王との最後の務めを果たそうと、そう心に決めたのだ。

「こちらの巻物に、今宵の流れが書いてあります。分からないことがあったら私に聞くこと。よろしいですね」

「——分かりました」

フェリーチェは、ラレス女神官から手渡された巻物をもって、王の寝殿の中にある静かな図書室に移動した。猫のヴィンも、今夜の準備で人の出入りが激しい王の寝室ではなく、今日は朝から、図書室の長椅子の上で寝息を立てている。

今夜の伽を控えて神経が昂っていたフェリーチェは、ヴィンのいつもと変わらない、のんびりとした様子を見て心がほっと和む。

片隅にある椅子に腰かけて、巻物の紐をするりと解く。すると今宵の儀式の流れが事細かに書かれていた。その書の最後には、王の筆跡で、今宵、秘巫女として最後の伽を務めるように——、そう記された王の署名と落款《らっかん》がある。

まるで王からの決別書のようだ……。

フェリーチェはその巻物をぎゅっと胸に抱き目を瞑《つぶ》る。

──だめ。

未練を引き摺ってはいけない。最後の伽を嫉妬のような醜い感情のまま行いたくはない。

粛々と務め、王とルドミラ王女との結婚を祝福し、見届けるのよ……。

「フェリーチェ様、お久しぶりです！」

ふいに潑剌《はつらつ》とした声をかけられ、驚いて振り返る。

「カルじゃないの！」

ほぼひと月ぶりに顔を見せたカルに、フェリーチェは嬉しくなって思わず抱きついた。

「わ！　どうされたんですか？　でも、フェリーチェ様、少し痩せましたね。だめですよ、ちゃんと食べないと」

以前はよく王と一緒に夜食を食べていたが、今は朝も昼もあまり食が進まない。

「今夜が終わったら、僕が美味しいものをたくさんご用意しますからね」

その言葉にフェリーチェは、なんと言っていいか困ってしまう。カルは、今日の初夜の儀が終われば、フェリーチェの夜伽の務めも無くなるとは思っていないようだ。務めを果たした後は、カルともお別れとなるのに。

「……カルの気持ちだけ受け取っておくわね。それはそうと、お城の方は大丈夫なの？　王の婚儀の準備で忙しかったんでしょう？」

「ええ、実は今、ものすごーく、忙しい真っ最中なんですけどね……。ほんと、色々。でも様子を見て来いってしつこいものだから。そんなに心配なら自分で見にくればいいのに」

まるで独りごちるように言うカルにフェリーチェは首を傾げた。

「あ、いや、これはフェリーチェ様には関係ないことで。実は、王から贈り物を預かっているんですよ。それを届けに来たんです」

「――え？」

ヴィンフリート様からの贈り物……？

あまりの突然のことに、フェリーチェの心がにわかに沸き立つ。

厭《いと》われているとばかり思っていたのに、どうして今日、この日に？

「はい、どうぞ。こちらです」

渡されたのは、両掌《りょうてのひら》に乗るぐらいの小ぶりの箱だった。

今日で秘巫女としての役目を終える自分への餞別《せんべつ》の品なのか……。

そう思うと、褒美とはいえ、寂しくなる。

それでもフェリーチェの胸はまるで子供のように高鳴った。

蓋を開けると、意外なものが入っていた。

――恋花燈《れんかとう》だ。

小さな花びらがいくつも重なっている、シロツメクサの花を模《かたど》った真っ白な恋花燈。

――なぜこれを？

あの精霊祭の夜、ヴィンフリートがルドミラ王女と一緒に恋花燈を仲睦まじく浮かべていた姿が目に焼きついている。

あの夜を思い出し、フェリーチェの心が、きゅっと軋《きし》む。これはフェリーチェが、秘巫女としての務めを終えた後、他の男と幸せになるよう願っての心遣いからなのだろうか。

だとしたら、あまりに皮肉すぎる。

確かに、ヴィンフリート様からの恋花燈が欲しかった。でも、欲しかったのは、恋花燈そのものじゃない。他の誰でもない。ヴィンフリート様と一緒に、願いを込めて川に浮かべたかったのだ。

ふと見ると箱の中に、二つ折りの紙も入っていた。急いで取り出して開けると、短いメッセージが書かれていた。


フェリーチェ。

あの日の約束を、忘れてはいない。あと少しだ。

ヴィンフリート

……どういう意味なのだろう。

「フェリーチェ様、王と何か約束されたのですか？」

ちゃっかり覗き込んでいたカルが興味津々に聞いてきた。

「ううん、それがよく分からなくて……」

何か約束などしただろうか。

あと少し、というのは、今日でようやく秘巫女の務めも終わるということなのか……。

そもそもフェリーチェが思い悩むほど、意味のある贈り物でもないのかもしれない。

――恋人と一緒に恋花燈を浮かべると、末永く幸せになれる。

恋願っていた人から恋花燈を贈られたというのに、フェリーチェの気分は重く沈んでいた。

きっと自分には、この恋花燈を浮かべる未来が来ることはないだろう。

フェリーチェは、恋花燈と自分を重ねて、報われることのない想いを嚙みしめた。

第8章　引継ぎの儀と初夜の儀の謀

夜の帳がおり、梟《ふくろう》のホウホウという鳴き声が何処からともなく聞こえてくる。

王の寝殿の控えの間には、すでに大神官をはじめ神殿の主《おも》だった高位神官ら数人が厳かに控えている。

この控えの間からは、王の寝室は見ることはできるが、寝台の中までは見えないようになっていた。

奥の寝室では、部屋の四隅にある燭台《しょくだい》に灯された蠟燭《ろうそく》の灯がちろちろと揺れている。濃厚な香も焚かれ、これからこの部屋で秘された儀式が行われるのだという艶めかしい空気を醸し出していた。

寝台の正面に用意してある椅子には、王と婚儀を挙げ王妃となったルドミラ王女が、優美な夜着を纏《まと》い毅然《きぜん》と控えている。美しい金色の髪は、人妻となった証として大人っぽく結い上げていた。

今宵、純潔を捧げるという不安など微塵《みじん》もみせず、生まれ持った王族としての気品を保っている。

とりでいた。

フェリーチェは、夜伽《よとぎ》の初日と同じように、羽のように軽い薄絹を纏《まと》って寝台の中にひとりでいた。

神官たちの側からは、寝台での交わりの様子が見えないように厚いヴェールが垂れているることにほっとする。それにかなり遠いので、大きな声を出さなければ聞こえはしないだろう。

だが、ルドミラ王妃のいる正面の場所だけは、薄いヴェール一枚だけで、寝台の中の様子がうっすらと見えるようになっていた。

王はこの初夜の儀で、王妃となったルドミラ王女を抱くのを待ち焦《こ》がれているはずだ。フェリーチェとの引継ぎの儀など、王にとっては疎ましい儀式でしかないだろう。王が自分をおざなりに抱くのをルドミラ王妃に見られるのだと思うと、逃げ出したい気持ちになる。

フェリーチェは、膝の上でずっと手を握りしめていた。掌には、じっとりと汗が滲《にじ》んでいる。

緊張しているのだ。

王の秘巫女《ひめみこ》となり、初めて伽を務めた夜よりも激しく、どくどくと心臓が早鐘を打っている。

ヴィンフリートと交わるのは、ふた月ぶりだった。そしてこれが最後の伽となる。

——どんなふうに抱かれようとも、きちんと務めを果たさなければ。

せめて最後くらいは、ヴィンフリート様に不快な思いを与えないように。

フェリーチェが小さく息を吸ったところで、寝室の扉が音もなく開いた。なまぬるい風が流れ、ヴェールを揺らす。先導の女神官の手燭に導かれながら、王の威厳を湛《たた》えたヴィンフリートが、素肌の上に夜着だけを羽織って現れた。

控えの間の神官らの方をちらりと見てから、ルドミラ王妃の方に視線を移す。さすがのルドミラ王妃も王の登場に緊張したようだ。不安の滲む表情で見つめ返すと、ヴィンフリートが安心させるように小さく微笑んだ気がした。

その仕草が、今日婚儀を挙げ晴れて夫婦となった二人だけの、密やかな眴《めくわ》せのようで、フェリーチェは見ていられずに目を伏せた。

――だめ、だめ、動揺してはだめ。

握りしめた手をぎゅっと爪が食い込むほど、力を込めた。

「これより、ラインフェルド王国　第百十代国王と王の秘巫女による『引継ぎの儀』、続いて国王と王妃の『初夜の儀』を神殿の法典に則って執りおこのう」

バルタザール大神官の声が、厳かに響き渡った。

それを合図に、ヴィンフリートが寝台に近づいて、すぐ前で立ち止まる。

どくりと心音が耳元で響く。――いよいよだ。

「ほ、本日めでたく婚儀を挙げられましたヴィンフリート陛下とルドミラ陛下にお慶び申し上げます。……お二人のため、今宵、最後の夜伽を務めます。恙《つつが》なく王妃様への引継ぎができますよう、……心を尽くします」

ラレス女神官に教わった口上を消え入りそうな声でなんとか述べる。

「……ふ、務め、か……」

ヴィンフリートが小さく呟いて、寝台の踏み段をゆっくりと上がる。女神官がヴェールを静かに捲り上げると、広い寝台に王が入ってきた。

ヴェールの中が、一瞬で懐かしい高貴な乳香の香りで満ちる。王が好んでつけていた香だ。

こんな形ではあるけれど、久しぶりに対面するヴィンフリートの存在に、涙が溢《あふ》れそうなほど切なくなる。儀式に則って、王の許しがあるまでは、ひれ伏さないといけないというのに、喉がひくりと震えて、ヴィンフリートを見つめたまま、時が止まったように動けない。

「フェリーチェ、どうやら余が伽に来ぬ間に忘れてしまったようだな。言ったはずだ。務めだと思っているうちは、余の伽はできぬと。今宵はそれを思い出させてやろう」

「あっ……」

逞しい身体が覆いかぶさってきた。乳房がヴィンフリートの硬い胸板に押しつぶされ、ふにゃりと形を変える。

「……ふ……んっ」

久しぶりに感じた心地よい感覚に、思わず漏れてしまいそうな甘い声を殺す。

――ルドミラ王妃様に聞かれてしまう。

そのことに耐えられずに、慌てて手で口を押さえると、ヴィンフリートがその手を掴んで、寝台に抑えつけた。

「手で塞いでいては、お前の唇を味わえない。可愛い声もな。周りなど気にするな。今宵は、私だけを見ろ」

唐突に唇が重ね合わされた。

「……っん、ヴィン、さま……」

懐かしい温かな感触に、胸が歓喜に震えてしまう。

ヴィンフリートの舌が、いとも簡単にフェリーチェの口内に這入り込み、フェリーチェの舌を捉えて甘く絡みついてくる。ときおり歯列を擽《くすぐ》るようになぞり、唾液をたっぷり馴染ませながら震える舌を食むように吸い上げた。

舌を絡めるいやらしい水音が寝台の中に響き、フェリーチェは、我を忘れてしまいそうになる。

唇を求め合い、まるでフェリーチェの呼吸をも奪うようにヴィンフリートの口づけがいっそう深く、激しくなっていく。

「……リーチェ、今宵、ここで何が起ころうともお前は動くな。よいな」

一瞬外した唇が、フェリーチェにだけ聞こえるように耳元で囁《ささや》いた。

「それは……」

どういうこと？

聞き返そうとすると、すぐに耳朶に熱い息が吹き込まれ、甘噛みされてしまう。

「ふぁっ……」

「弱い所は、相変わらずだな。他はどうだ？」

――相変わらずなどではない。余計に敏感になっている。王にほんの少し触れられただけで、前よりもずっと感じてしまう。

唇が耳から首筋にうつり、柔らかな喉の感触をまるで確かめるように吸いついていく。

薄絹の上から乳房を大きな手で包まれて、捏《こ》ねるように揉みしだかれた。

至福の気持ちよさがフェリーチェの身体にさざ波のように広がっていく。

ごつごつした指が焦らすように丸みのある房を揉み、それだけで、乳房の頂がずきずきと疼き始めてくる。

「あ……、んっ……」

先端の突起が、乞い焦がれた甘い刺激を求めて痛いほどにピンと張りつめた。早くそこに触れてほしくて、体が勝手に浮いて強請るようにしなる。

「フェリーチェ、相変わらず、そなたは余の理性を奪う……」

ヴィンフリートが着ていた夜着を脱ぎ、傍らに乱暴に放る。

気づくと上半身を抱き起こされ、肌けた胸の頂が口の中に吸い込まれていた。

「ああっ……、あん、あ……ッ」

寝室の中に聞こえてしまうほどのはしたない声をあげてしまい、羞恥《しゅうち》に身が竦《すく》みそうだ。すっかり勃《た》ちあがった乳首をねっとりと舐められ、すすり泣きのような喘《あえ》ぎ声を抑えることができない。乳房ごと口に含まれ、音を立ててなんども吸い上げられる。はがゆい痺れが全身を駆け巡った。

心の底でこの感覚をずっと待ちわびていた。ヴィンフリートに愛撫される自分を何度も夢に見た。

なのに、久しぶりの甘い刺激を受け止められずに、ただ身悶《みもだ》えするばかり。

「フェリーチェ、そなたは秘巫女としては失格だな。なんど抱いても快楽に弱い」

含み笑うヴィンフリートは嫣然《えんぜん》としている。反してフェリーチェの心は暗く沈む。失格とまで言われてしまった。結局、夜伽でヴィンフリートを満足させることができなかったのだ。

途中で飽きられても当然――。

なのにヴィンフリートはさらにフェリーチェを煽り立てる。桃色に色づいた胸の頂をすっぽりと口腔に含み、勃ちあがった乳首に舌を執拗に絡めてきた。

たっぷりとした唾液に包んで、淫らな水音を立てて先端を柔らかくしゃぶる。

舌で弾かれるたびに得も言われぬ快感がこみあげて、フェリーチェはぴくぴくと魚のように腰が跳ねあがってしまう。

「……あっ、ヴィンさ、んんっ……！」

「――相変わらず弱いな。だが、そこが余の気に入ってるところだ」

小さく耳元で囁かれた声に、じんと胸が震える。

それはフェリーチェの切望が聴かせた幻聴かもしれない。気づいたときには、乳首をかわるがわる口に含まれ弄ばれている。

両の乳房を可愛がるように愛撫され、懐かしい甘い快感が押し寄せてくる。

乳首を吸うヴィンフリートの水音と、それに応えて喘ぐような吐息が、寝台の中に響く。

まるでここが二人だけの世界のように感じてしまう。

実際は、ヴィンフリートは、寝台の外にいる王女のためにフェリーチェと伽をしているのだ。こんなふうに甘い気持ちを抱いてはいけないと思うのに、身体はヴィンフリートに触れられただけで、たやすく快楽を得てしまう。

フェリーチェの身体からはくったりと力が抜け、全身が熱く火照り、しっとりと汗ばんだ。

その湿った肌を味わうように、ヴィンフリートは臍の上から乳房のふくらみに沿ってねっとりと舐めあげた。頂に到達すると、尖った乳首をれろりと愛撫する。

まるでフェリーチェとの夜伽を待ちわびていたかのように、余すところなく舌で味わっている。

――ちがう、甘い思いを抱いてはダメ。すべては王妃様のためなのだ。

思いあがってはいけない。

そう思っても、舌が肌をなぞるたびに悦びの喘ぎ声が漏れそうになり、なんとか呑み込もうとする。

そんなフェリーチェの葛藤など知るべくもないヴィンフリートは、乳房を甘く吸いながら、フェリーチェの肌けたガウンの腰ひもをしゅるっと解き、薄衣《うすごろも》をあっけなく脱がしにかかる。

その拍子に、しゃらりと腰の鎖が揺れ、リングの嵌《は》め込まれたフェリーチェの秘玉に痺れが走る。耐えがたい刺激に思わず嬌声《きょうせい》をあげてしまう。

「ふ……よしよし、いい子でずっとつけていたようだな。余がこなくてもこれがあるから、いつでも余を感じることができただろう？」

ヴィンフリートは薄く笑い、ぴったり張り付いた腰の鎖を指先でクイと引く。

「ひぁっ、はふっ……ッん」

秘玉に嵌め込まれたリングがつんと引き攣《つ》れ、思いがけない甘痛い刺激に目の前がちかちかする。

「久しぶりで、忘れてしまったのか？　自分でここをあやして快楽を得てはいなかったのか？」

つぷ……、と蕩け切った蜜壺から蜜を掬《すく》う。

これから何をされるのかに思い至り、息を詰める。

男らしい節くれだった指が割れ目を辿り、秘玉を円を描くようにぬるりと撫《な》でた。

「――こんなふうに」

「ひゃぁっ……っ」

「うん？　フェリーチェ。余の愛撫を想像しながら、ひとりで弄んだりはしなかったのか」

その問いにフェリーチェの心が切なくなる。

このリングのせいでどれほど王を恋しく想ったことか。それでも、心の離れた王を想いながら、一人で自分を慰めることなど辛くてできなかった。

フェリーチェは、目に涙を潤ませながら、素直にこくこくと頷いた。

ヴィンフリートの目が仄かに笑みを含んだように揺れる。

指に蜜をたっぷりと纏わせ、膨らみかけた花芽をとろりと捏《こ》ねる。我を忘れるほどの恍惚とした刺激が突き抜けていく。

「ひ………ぃんっ」

体が粉々に弾けてしまったような感覚。目の前がいきなり真っ白になる。

「そうそうにイってしまったか。……まだまだ、こらえ性がないな」

ククっと喉で笑って、フェリーチェの脚を大きく割り広げる。これからヴィンフリートのしようとしていることに、はっとしてそれを拒もうとした。

――まさか、ルドミラ様の前で。

今宵、最後の夜伽はあっけなく終わると思っていた。王妃との初夜を前に、ヴィンフリートはフェリーチェとの夜伽に時間をかけるほど、もう興味を抱いていないと思っていたからだ。

なのに前と全く変わらず、ともすればそれ以上に時間をたっぷりとかけてすべてを味わいつくそうとしている。

――なぜなの？

「フェリーチェ、引継ぎの儀は始まったばかり。よく慣らしておかねば、余の伽についてこれぬぞ」

にやりと笑みを漏らしながら、唇がフェリーチェの脚の付け根に沈んでいく。

力の入らない脚をぐいと押し開き、伸ばした舌先が蜜口から滴る愛液をゆっくりと掬い上げて――。

「あぁっ……！　んぁっ……ッ――」

秘玉をじくりとなぞり上げた。

がくがくと腰が揺れる。狂おしいほどの快感に息が止まりそうになる。

乳房の愛撫とは比べ物にならないほどの鮮烈な愉悦。

溺れて沈んでしまわないように、摑むものを探して寝台に必死にしがみつく。

ヴィンフリートは、戦慄《わなな》く両の太腿をちゅ……、ちゅ……と交互に口づけし、ぱっくりと拓いた花びらの奥に舌先を埋めた。生き物のようにそれをうねらせる。

舌が蜜の海を泳ぐたびに、さらにじゅわりと蜜が溢れ、襞《ひだ》がひくひくと歓喜に震えている。

ヴィンフリートとの夜伽に、こんなにも感じてしまう。

――ああ、ヴィン様が、恋しい。――欲しい。私だけのものにしたい。

この感覚を、ヴィンフリートに愛撫される悦びを誰にも渡したくはない。

こんなにも狂おしいほど、身も心もヴィンフリートを欲しがっている。

禁忌の恋だと分かっている。秘巫女は王に想いを寄せてはいけない。なのに恋しさが欲望となって溢れだして止めようがない。

「……ヴィン、フリートさま……」

抑えられずに漏れ出たのは、恋しい男《ひと》の名前だった。

「ふ、フェリーチェ、悦《い》いのか？　こんなに膨れさせて――。余がいない間、慣らしていないから、はち切れそうではないか。どれ、あやし方を教えてやろう」

「ひぅっ……」

フェリーチェの力の入らない腕をとり、細くしなやかな指先を秘部にあてがった。自分の指に、ぬるぬるした蜜と熱い温度が伝わってくる。

ヴィンフリートがフェリーチェの指先を丸みを帯びた秘玉にそっと触れさせた。円を描くように指先をゆっくりとなぞらせる。

「んっ……、あ……、あ……」

「フェリーチェ、怖がらなくていい。どうだ、気持ちいいだろう？　ここがお前の快楽の芽だ」

ヴィンフリートにリードされて、にゅる、にゅるっと指先が滑る。小さな花芽がはち切れそうなほど、ぷっくりと膨れている。

「あ……、やぁ、お許しを……んっ……」

「だめだよ、フェリーチェ。余のことを思い出さなかった罰だ。これからは余がいないときは、こうして余を思い出してあやすといい」

酷薄な笑みを浮かべ、フェリーチェに残酷な快楽を刻み込む。

この先、ヴィンフリートと交わることは二度とない。それが分かっていながら、無情にも自分の面影を身体に刻みつけようとしている。

ヴィンフリートはフェリーチェの指をとり、くちゅくちゅと花芽を弄ばせた。初めて自分の指で快楽を得て、あっけなく達してしまう。

「ふ、敏感な身体だ。すぐにイってしまうな。どうだ？　自分でするのもそう悪くはないだろう？　ときどき、こうやって慣らしておくといい」

――でないと次は余の伽に耐えられぬぞ？

放心したフェリーチェの耳元で囁かれた言葉は、やはり幻聴なのだろうか。

次など、あるわけがないのだから……。

もう、力が入らないというようにフェリーチェの四肢はだらしなく伸びている。ヴィンフリートは、少し困ったように眉を寄せた。

「そなたが久しぶりだと言うことを忘れていた。あまりにそなたの反応が可愛くて、寄り道をしてしまったようだ。そろそろ引継ぎの儀にもどろう。でないと初夜の儀を迎えられないからな」

王の口から出た無慈悲な言葉。

――それがヴィンフリートの本心だ。やはり、初夜の儀を待ちわびている。

もうすぐ、終わってしまう。伽が終われば、王が行ってしまう。――永遠に。

どれだけ残酷なことをされようと、この時間がもっと長く続いてほしい。

この時間を引き延ばすためなら、自分で快楽を得るところを王女に見られようとかまわない。

もっと、王と肌を重ねていたい。その声を、その温もりを近くに感じていたいのだ。

そう思うと辛くて切なくて、一筋の涙が頬をつぅと伝って流れ落ちた。

＊…＊…＊

「どうだ？　フェリーチェ、余の感触は久しぶりだろう？」

太くて重量感のある肉棒がぬちゅ、ぬちゅと蜜壺を抉《えぐ》るように行き来する。

挿入された瞬間、久しぶりの質量の大きさに圧迫され、敏感になった身体は、それだけでまたもやすぐに達してしまった。

ヴィンフリートもフェリーチェの子宮の収縮《しまり》に堪えるようにくっと呻《うめ》いたものの、すぐさま腰を波打つように抜き差し、その雄は昂りを増す。

太長いものがずるりと抜けた次の瞬間、ずんっとフェリーチェの脳芯まで振動が響く。

ヴィンフリートは止まることなく、フェリーチェの快感を追い上げるように、媚肉を亀頭のくびれで擦り、そそり立つ太茎で奥を突き上げていく。

「あぁっ、ヴィン様……、あぁっ……」

切ないのに、抽挿されるたびに幸福感が湧いてくる。

——もっと、長く続いてほしい。

——もっと、私を感じてほしい。

雄を忘れかけた膣内が、再びヴィンフリートの形を取り戻し、くっきりとその形を刻み込む。

膨れてエラの張った亀頭、生々しくも、引き締まった肉胴、そこに走る脈のひと筋さえも。

ヴィンフリートの熱のすべてを余さずに咥えこむ。

「っ、フェリーチェ、もうすぐだ……。いいか、今宵、なにがあっても……」

全身が熱に浮かされたように甘く痺れ、頭がぼうっとして続けられた言葉が、よく分からない。

ヴィンフリートが腰の動きをさらに激しくする。吐精を迎えようとしているのだ。

——いや、いや。もっと、もっと……。

荒れ狂うような快楽に責め立てられ、はやく解放されたいのに、この時間を手放したくはない。

永遠にヴィンフリートを感じていたい。

豪奢《ごうしゃ》な寝台が、抽挿の激しさにみしみしと音を立てていた。

太茎を押し込められるたび、甘い声で王を受け入れてしまう。

もはや自分の身体は、制御不能に陥っていた。

——王に征服されている。

自分のものと思えないほど淫靡《いんび》な嬌声《きょうせい》が部屋中に響き渡っている。我を忘れ、恥ずかしさなどとうに吹き飛んでいる。王の激しい腰の動きに合わせて、つま先が何度も空《くう》に揺れる。

頭が蕩けて、ヴィンフリートの雄の存在しか感じないほど、身体が熱くうねる。

あまりの激しい交わりに、王の神殿にいるものすべてが、息を潜めたように静まり返っていた。それにも気が付かないほど、五感のすべてがヴィンフリートに囚われていく。

逞しい身体が覆いかぶさり、フェリーチェの手に指を絡めてぎゅっと握りしめた。腰を深く突き上げ、淫らに激しく揮《ふる》う。まるで獣のように、なんども、なんども、とどまることを知らない。

「く……、締まる……悦い」

フェリーチェを堪能し、快楽を得て艶めいた呻《うめ》きをあげる。

ああ、そんなふうにしたら、誤解されてしまう。私たちの交わりを見つめているルドミラ王妃様に。

まるで愛しいものを捉え、深い繋がりを求めて腰を穿っているようだ。

フェリーチェは、息を乱しながらも切なくヴィンフリートを見上げた。

忘れたくない。

その体温を。汗の匂いを。乱れた吐息もなにもかも。

想いが溢れ、つぅっと一筋の透明な涙が零れた。吐精が終われば、なにもかも、永遠に私から消え去ってしまう。

ヴィンフリートが頬を伝う小さな涙に気が付いて、困惑げに眉をひそめた。

「……リーチェ、泣くな、……もう終わる……」

ぐいっと腰を突きながら、フェリーチェの唇を優しく塞ぐ。

——そうじゃない。終わりたくない。だから涙が出るのに。

なのに、ヴィンフリートはフェリーチェが苦しがっているとでも思ったのだろう。

さらに勢いを増して、吐精を早めようとする。

「く、リーチェ——っ」

子宮口をヴィンフリートの亀頭がぐりりと抉った。腰骨がこれ以上ないほど甘く痺れ、凄まじい悦楽が全身を駆け巡った。

「…………っふっ、あぁっ！」

肉棒がビクんと戦慄《わなな》き、大量の熱を吹きあげながらどくどくと膣奥に流れ込んできた。

ヴィンフリートは一滴も残すまいと、さらに腰を揮い何度も何度も、奥へ奥へと精を送りこむ。

膣内がヴィンフリートの白濁で溢れ、その感覚に脳が蕩けそうなほどの至福感がこみあげた。

ああ、――好き。……愛してる。

蜜壁がヴィンフリートの雄をぎゅっと抱きしめ、離さないように絡みつく。

許されない想いをその身体で伝えているかのように。

「――っ、リーチェ、まだでるぞ」

さらに腰をびく、びくっと力強く震わせ、長い吐精が続く――。

根元まで捩《ね》じ込まれた肉棒が、どくりと精を吐き出している。その熱い感覚に自分が内側から蕩けてしまいそうだ。

寝台の中に、むせ返るような情交の香りが漂った。

ふ……、と微《かす》かに潜めた息をひとつ漏らしたのを最後に、吐精が止んだ。

肩で息を継ぎ、額に玉の汗を浮かべたヴィンフリートが目を細め、フェリーチェの頬に張り付いた銀の髪をそっとはらう。

「……いい子だ、リーチェ、よくやった」

それは、秘巫女の務めを終えたフェリーチェへの褒美の言葉なのだろうか。

互いを見つめ、いまだ収まらぬ乱れた息が交じり合う。

しばらく二人は繋《つな》がったまま、吹き荒れた嵐の後のような性交の余韻に浸っていた。


「……陛下、そろそろ湯あみのお時間にございます」

無情にも、女官が近づきヴェールの外から声をかけた。

その声に、ヴィンフリートの表情が一瞬で現実のものとなる。

まるで葡萄酒《ぶどうしゅ》の栓を引き抜くように、なんの感情もなくずるりと雄を抜いた。

「……んっ」

どろっとした白濁と蜜が交じり合って流れ落ちる。その喪失感に、フェリーチェはいたたまれずに、身を竦めた。

ヴィンフリートは脱ぎ捨てた夜着を羽織ると、フェリーチェには目もくれず、女神官が僅かに捲ったヴェールの隙間からすり抜けるように、湯殿へと消えていった。

がらんとした寝台にフェリーチェだけが取り残される。

――終わってしまった。

もう、永遠にヴィンフリートと肌を重ね合わせることはない。ときおり柔らかく細める癖のある、あの瞳を二度と見ることさえ叶わない。

つい、今し方の激しい交わりが嘘《うそ》のように、王の寝殿が水をうったように静まりかえった。

「さ、フェリーチェ様もこちらに……。次の儀式に移りますゆえ」

まだ性交の余韻が冷めやらぬ中、女神官に促されながら新しくまっさらな絹の夜着を着せられる。

支えられながらなんとか寝台を降りると、ルドミラ王妃がフェリーチェを見つめていた。その瞳には、憐憫《れんびん》が浮かんでいる。

今の交わりで、フェリーチェがどういう気持ちで抱かれたのかを察したようだ。

――憐れんでほしくない。

フェリーチェは、これから王に抱かれるルドミラ王妃の方を見ることができず、女神官に先導されるまま王妃から少し離れた椅子に腰をかけた。

寝台は数人の女神官によって清められ、フェリーチェと王の情交で乱れた痕跡は跡形もなく消え去った。隣の湯殿からは、ときおり水音が響き、ヴィンフリートがフェリーチェとの交わりの痕をすべて洗い流しているのだと分かり、喉に熱いものが込み上げた。

水音が止み、身を清めた王が新しい夜着を羽織って近づいてくる。

一度吐精したというのに、まだ性交の余韻で力の入らないフェリーチェとは対照的に、王の足取りは力強い。

フェリーチェの前をすっと通り過ぎると、ルドミラ王妃の前で立ち止まる。すぐ目の前で、王女の手を取ると立ちあがらせた。ヴィンフリートは目を細め、王女を眺めて微笑む。その目には喜びとも思える光が宿っているように見えた。

二人はしばし互いをじっと見つめ合った。ルドミラ王妃の瞳には、なにか決意めいたものが浮かんでいる気がする。ようやく初夜を迎えられることを嚙《か》みしめ、感慨を深めているのだろうか。

「ルドミラ……、心の準備はよいか？」

「はい、陛下。この時をお待ち申し上げておりました」

その可憐な声に、ヴィンフリートが満足げに低く笑う。華奢《きゃしゃ》な手を引き、ルドミラ王女を寝台の中に誘《いざな》った。フェリーチェの方には、これっぽっちも目をくれない。

期待はしていなかったが、それでも心にはナイフが突き刺さったようだ。

——しっかりしなくては。これが、私の秘巫女として最後の務め。

ヴィンフリートとルドミラ王妃が結ばれて、幸せになるのを見届けるの。

自分に言い聞かせるように、頭の中で何度もこれは務めだと反芻する。

二人はともに手を繫ぎ、寝台の階《きざはし》を上ると、女神官らが両側からするするとヴェールを巻き上げた。その姿が寝台の中に消えたところで、薄いヴェールが降ろされたが、その向こうにうっすらと二人の影が浮かび上がった。

ヴィンフリートが王妃の薄絹をはらりと落とし、そっと身をかがめて口づけをした。

ほぅ……と艶めいた王妃のため息が漏れる。

——見届けなきゃ、見届けるの……。

そう頭では分かっていても、心が悲鳴を上げる。

ヴィンフリートが角度を変えながら口づけを深め、ルドミラ王妃に覆いかぶさるように寝台に沈めているのが、涙に滲む視界にぼんやり映る。

――無理だ。

私にはもうこれ以上、二人が睦みあう姿を見ることはできない。それどころか、この場にさえもいたくない。フェリーチェは、ぎゅっと目を瞑り、顔をそむける様にうつむいた。

涙がぽたぽたと零れ落ち、せめて声を出さないように嗚咽《おえつ》を我慢するのがやっとだった。

すると、控えの間の方からこつん、と杖で床を弾くような音が響きわたった。

音のしたほうを見ると、バルタザール大神官がフェリーチェに眼光鋭い視線を送っている。

――真実を見よ。

そう口元が動いているようだ。

フェリーチェは、自分の心が凍りついてしまえばいいと思った。

どんなに恋しくて、どんなに苦しくても、秘巫女としての務めを果たさなければいけないのだ。

それをバルタザールが伝えている。

ふいにフェリーチェの足元を柔らかなもふもふするものが触れた。

「ナァ――ン」

図書室で大人しく寝ていたはずの猫のヴィンが、励ますように体を擦りつけてくる。その慰めるような優しい仕草に、鼻の奥がつんと痺れて甘辛い涙がにじむ。

フェリーチェは気持ちを整え、ゆっくりと深呼吸した。顔を上げ、心を殺し毅然として寝台に目をやった。

王の秘巫女として恥じぬよう、最後まで務めを果たそう。

二人を見守り、祝福するのが私の使命なのだ。

どんなに悲しくても、どんなに視界が涙でぼやけても、それを見届ける義務がある。

そんなフェリーチェの覚悟など寝台の中の二人には届くはずも無い。ヴェールの奥で互いにキスを深め合っている。

ヴィンフリートは王女をその逞しい身体でぴっちりと組み敷いた。やっと自分のものとなった王妃をどこにも逃すまいとするように。

ヴィンフリートが王妃の髪に触れると控えめに飾られた小さな銀の髪飾りをすっと抜き、脇に放る。

柔らかな金の髪が、滝が流れるようにはらりと広がった。

一瞬、王妃がはっとしてその髪飾りを見た気がした。が、すぐにヴィンフリートに顎を捉えられ、深い口づけをされる。

それに応《こた》えるように王妃の手がヴィンフリートの身体をまさぐり、王が羽織っていた夜着をずらして、上半身を剝き出しにした。露《あらわ》になった逞しい肉体の感触を確かめながら、腰から肩へと筋肉の隆起を辿り撫《な》であげていく。

ヴィンフリートは、その感触に感じ入っているのか、さらに王妃の身体を寝台に深く沈め、口づけに耽っているようだ。

王妃が横目で、また髪飾りをちらりとみた気がした。

——なぜ、そんなに髪飾りを気にするのだろう。

すると細くしなやかな手が、髪飾りに触れようとして伸ばされた。寝台の中に白い手だけが不気味に浮かび上がる。

——真実を見よ。

大神官の言葉が、頭の中に響き渡る。上辺だけに見えていることが真実ではない。

暗殺が最も多いのは、王が無防備となる寝所——。

その手がゆるぎない意思を持ったように髪飾りに触れた。先の尖《とが》った銀の髪飾りがきらりと妖しい光を放つ。

いけない——！

ああ、私はなんて愚かだったのだろう。自分の恋に目が眩《くら》んで真実を見ることができなかった。

王妃はヴィンフリートに恋などしてはいない。あの恋花燈《れんかとう》もなにもかも、ヴィンフリートを騙すためのまやかしだ！

「危ないっ——‼」

体が勝手に動いていた。

寝台の薄いヴェールが引きちぎれるのも構わず、ヴィンフリートに覆いかぶさる。

自分でも何が起こったかよく分からなかった。

ただ背中を鮮烈な痛みが走りぬけた。


……王の秘巫女の務めは、伽を務めることだけではない。

本当の務めは、寝所でその身に代えても王を守ること。


私は、ヴィンフリート様を守ることができたのだろうか。

いきなり目の前が真っ暗になり、なんの音も聞こえなくなっている。

背中が灼《や》けるように痛い。体が鉛のように重くて、泥沼の中に引き摺《ず》り込まれていくようだ。

……ああ、私は死ぬんだ。

朦朧《もうろう》とする意識の中で、それだけははっきりと分かる。

——最後にひとめ、ヴィンフリート様の顔が見たかった。

「……ヴィン、さ……」

息ができない。胸が苦しい。

それでもなんとか小さく息を一つ吐くと、体が楽になった。目の前に一面のシロツメクサの花畑が広がっている。

フェリーチェのそばで、優しげな男の子の声が響く。

……フェリーチェ。きっとお前を俺の妃にしよう……。

男の子は、シロツメクサをひとつ摘むと、茎を輪っかにして指輪を作った。

……約束の指輪だよ……。


あれは誰だったのか……。

それが、王であったらよかったのに。

フェリーチェは、最後のときに幸せな夢が見れたことを神に感謝した。

＊…＊…＊

「フェリーチェ！　ばかな！」

ヴィンフリートは、腕の中で力なく瞼《まぶた》を閉じ、意識を失ったフェリーチェを揺さぶった。

「王！　すべては王の計画通りに遂行しています！」

潜んでいたカルがヴィンフリートにそう伝えてから、泣きわめく王女を乗り込んできた近衛兵らと拘束し、寝室から連れ出していく。王の寝殿は、騒然となった。

城下でも、今頃は商人に紛れて内側から城に攻め入ろうとしたドーラントの兵士たちを、ラインフェルドの軍が制圧していることだろう。

あらかじめヴィンフリートが指示したその手筈通りに。

それればかりではない。ドーラント王国にも軍を遣わし、かの国の居城を制圧しているはずだ。

「くそ、フェリーチェ、お前は今宵、何が起こっても動くなといったはずだ！」

ヴィンフリートは、青白くなったフェリーチェをその胸の中にぎゅっと抱きしめた。

また悲劇を繰り返すわけにはいかない。

何としてもフェリーチェを助けなければ。そのために、こうして再び出会うことができたのだ。

フェリーチェが、まさか寝台の中に身を挺《てい》して飛び込んでくるなど予想外だった。ヴィンフリートは、そこまで考えの至らなかった自分に罵《ののし》りの言葉を吐く。

はじめからルドミラ王女が兄であるドーラント王の企てを遂行するために輿《こし》入れし、暗殺を仕掛けてくるだろうと踏んでいた。

あの狡猾な王が妹王女をただで提供し、和平に屈するつもりなど微塵《みじん》もないことは読めていた。

その企ても、今宵、初夜の儀の夜に、それも寝所で行われると察知していた。とすれば、か弱い女の身である王女が使うのは、毒に違いない。

そのために今夜を迎える準備を抜かりなく手回ししてきた。

いよいよドーラント王国と決着をつけることができると思うと、初夜の儀も待ち遠しいほどだった。

ヴィンフリートは小さい頃から毒に慣らされており、たいていの毒には耐性を獲得していた。例え、自分が毒をうけても何の問題もない筈だった
王女を組み敷くと、その麗しい髪に小さな銀の髪飾りあるのを見逃さなかった。そしてヴィンフリートはほくそ笑んだ。

きっとこの髪飾りに毒を仕込んでいるのだろう。だが口の中に含み、嚙むと毒針が出る種類のものもある。

念のため寝台の中でも口腔に毒針を隠していないか、顎を固定し、嚙まれないように口づけのふりをして注意深く探ると、口の中にはなにもないようだった。

それであれば、やはり髪飾りだろうとあたりをつける。

わざと王女の髪飾りを抜いて脇に放る。すると王女がその髪飾りに、執着しているのが分かった。

——やはりこれか。

王女がこちら側の策に嵌まったことを確信した。

わざと自分を暗殺するように仕向け、それを理由にドーラント王国を制圧し、ドーラント王を拘束して刑に処す計画だった。

――それが。

「バルタザール！　解毒薬はないのか⁉」

フェリーチェが苦し気に呻き、息が不規則になっている。

なにものにも代えがたい愛しい存在の命の炎が、今にも消えそうなほど小さく、危うげに揺れている。

「陛下、フェリーチェの胸のペンダントに解毒薬が！」

バルタザールが言い終わらぬうちにヴィンフリートはペンダントを引きちぎり、蓋を開ける。だがその中には何もなかった。

「くそっ！」

「……なんと！　いったい解毒薬はどこに……」

ヴィンフリートは思い切り悪態を吐く。

バルタザールも想定外なのか、顔色を恐怖に塗り替える。

「……まさか、あの禁断の書の予言の通りに……おお、神よ……」

「バルタザール、不吉なことは慎め！　誰が予言など信じるものか！」

なんとかしてフェリーチェを助けなければ！

ルドミラ王女への閨の指南が始まってから、彼女がフェリーチェにやけに関心を示してきたことに気が付いた。だから敢えてフェリーチェから距離を置いたのだ。王の寵愛《ちょうあい》が離れたと思いこませ、フェリーチェに危害が及ばないように。

そして周りの目を欺いて、ルドミラ王女に気があるふりをした。ルドミラ王女と出会って、彼女に目が眩《くら》み、恋に落ちてしまったように。それはドーラントの王の策に嵌まったと思い込ませるためだ。

だが、まさかフェリーチェが自分をかばうなどと……。

呼吸が、か細い。このまま消えてしまいそうなほど——。

「フェリーチェ、勝手に逝《い》くことは許さない。愛している、逝くな、フェリーチェ！」

「……ヴィン、さ……」

微かに唇が動いた。

まだ、生きている。

ヴィンフリートは傍らのナイフで自分の指を縦にざくりと切った。ぽとぽとと深紅の血が滴り落ちる。

「——リーチェ、飲め。我が血を」

自分の血は毒に対する免疫ができている。

一か八か、フェリーチェに己の血を与えてみる。彼女の胸のペンダントに解毒薬がない今、フェリーチェを救えるとしたらこの方法しかない。

だが飲み込む力がないのかぐったりとしている。

ヴィンフリートは躊躇《ちゅうちょ》せず唇を重ねた。そっと息を送り込むと、フェリーチェが、微かに、こくりと喉を鳴らした。もう一度、指を咥えさせ、口づけで己の血をフェリーチェの中に送り込む。

ヴィンフリートは、少しずつ、何度も根気よく繰り返した。

「……陛下、フェリーチェが！」

バルタザールに言われて、フェリーチェを見ると頬に僅かだが赤みが差している。呼吸も弱々しいが、なんとか規則正しく胸が上下しはじめた。

――ああ、神よ、感謝します。

ヴィンフリートは、フェリーチェの胸に己の顔を埋め、ぎゅっと抱きしめた。フェリーチェの身体に熱が戻ってきている。

――助かる。彼女の氷のように冷えた体を今すぐ温めてあげなくては。

ヴィンフリートは、フェリーチェを抱いてすっくと立ちあがった。

「陛下、フェリーチェを神殿の医務室にお連れします」

バルタザールが急いで指示したのか、神殿の医官たちが数人、担架をもってヴィンフリートの傍に近づいてきた。

ヴィンフリートは、それを無視してすたすたと歩き始めた。腕の中のフェリーチェをただぎゅっと抱きしめながら。

「陛下、どちらへ？」

「決まっている。城に戻る。余の私室に。そなたらも来い」

――時は満ちた。

ようやく、遠い昔の約束を果たせるのだ。

そして、フェリーチェを余の秘巫女から解放する。思えば、身を挺して自分を守ったのも、秘巫女としての使命感からなのか。

「まったく、そなたを秘巫女にしたのは神の誤りだ。秘巫女にならずば、余の代わりに毒をうけることもなかっただろうに。だが、そなたの務めも終わった。もう務めなど果たさなくてもいい。そのあとは……」

もうフェリーチェを苦しませたくない。

あの時の約束をようやく叶えてあげることができる。

その前に冷えたフェリーチェの身体を温めよう。私の中に包み込んで。

ヴィンフリートは誰も見たことがない甘い笑みを湛《たた》えると、フェリーチェの額にそっと口づけを落とした。

＊…＊…＊

かすかに瞼を開けたフェリーチェの瞳に映ったのは、向かいの壁に掛けられている絵画だった。

まだ視界がおぼろげでよく見えない。

その絵画には、若い男性の側に寄り添っている可憐な女性の姿が描かれているようだった。

古びていてよく分からないが、髪の色は銀色だろうか。

かなりの年代物で、男性の身に纏っている衣装からすると国王のようにも見える。

……ここは、どこ?

自分はいったいどうしたのだろう。

王の初夜の儀は、恙《つつが》なく終わったのだろうか……。

なぜか胸が重苦しい――。まるで鉛がのしかかっているようだ。

胸の上の重しがもそりと動き、フェリーチェの顔をざらついたもので舐め上げる。

「……んんっ」

あまりに顔中を舐め回されるものだから、フェリーチェは思わず顔を背けた。すると逞しい何かに頰が当たる。

それは、とてもいい匂いがする。――乳香の香りだろうか。ずっと傍でこの香りに包まれていたい。安心感のある香りだ。

「こら、ヴィン、フェリーチェが嫌がっているぞ」

「ナァーゴ」

不満げな猫のヴィン様の声が聞こえる。フェリーチェが今度は目をぱちりと開けると、そこは見たことのない部屋だった。広い部屋には暖炉があり、天蓋の無い、開放的で大きな寝台にフェリーチェは寝かされていた。

胸の上には猫のヴィンが丸まっており、大きなしっぽをゆらゆらと振っていた。

「気が付いたか？ フェリーチェ」

「……ヴィンフリート様？」

上半身を起こし、肘をついたヴィンフリートがこちらを見て柔らかな笑みを浮かべている。

――しかも、は、裸で！

フェリーチェは寝台の中で、ヴィンフリートの腕の中に抱かれていた。ヴィンフリートだけではない。自分もなにも身につけてはいなかった。暖かくて柔らかな白い毛皮の上掛けで包まれている。

フェリーチェは驚いて上掛けで胸を隠したまま飛び起きようとした。猫のヴィンがぱっと胸の上から降りてフェリーチェの足元で丸くなる。

途端に目の前がちかちかした。頭ががんがんして、倒れそうになるのをヴィンフリートが背後から支えて、自分の胸の中に抱え込む。

「起き上がってはだめだ、フェリーチェ。ようやく目が覚めたんだ。無理をしてはいけない。かれこれ五日間も眠り続けていたのだから」

「い、五日間も⁉」

ヴィンフリートが寝台の脇に控えていた医官に目で合図した。医官は、粉薬のようなものを杯に入れて掻《か》き混ぜると、ヴィンフリートに恭《うやうや》しく差し出した。

「さぁ、薬だよ。飲みなさい」

杯をそっとフェリーチェの口元に近づける。でもフェリーチェは、なぜ自分が王と一緒に寝台に裸でいるのかが気になって仕方がない。

夜伽の務めは終わったと思う。しかも王は初夜の儀を終えて、王妃を迎えたはずだ。でも、何かが引っかかる。初夜の儀の夜のことがよく思い出せない。

「ヴィ、へ、陛下――。あ、あの、ルドミラ王女様は……」

そこまで言って、しまったと思った。ルドミラ王女様ではない、王妃様となったのだ。

フェリーチェは、きょろきょろとあたりを見回した。

どうやら近くにルドミラ王妃様がいないと分かり、ほっとする。

「なにをきょろきょろしている。ここは城にある余の寝室だ。ちゃんと説明するから、まずは飲め」

城にある王の寝室？

どうりで、すごく広いと思った。周りの壁は石造りで堅牢にできている。きっと敵に攻め込まれても燃え落ちることはないのだろう。

でも、なんで私がお城にいるの？　私は神殿から出られない筈だ。それにヴィンフリート様の寝室に、裸で寝ていたとルドミラ王妃様にばれたらまずいのでは？

ヴィンフリート様と王妃様は夫婦となったのだから……。

フェリーチェは、手渡された苦い薬にちびちびと口をつけた。

ヴィンフリートがフェリーチェが全部飲むまで、睨《にら》みを利かせている。

ようやくすべてを飲み干すと、ヴィンフリートがひょいと杯を取り上げ、医官に渡した。横柄に手を振って下がれと命じる。

「フェリーチェ、初夜の儀の夜のことは覚えているか？」

医官が退出した後、真剣な声でヴィンフリートに問いかけられ、フェリーチェは思い出そうとして眉根を寄せた。

記憶が朦朧《もうろう》としている。

私が伽を終えた後、ヴィンフリートがルドミラ王妃に微笑んで一緒に寝台に向かったところまでは、はっきりと覚えている。

ええと……、それから……。

フェリーチェの脳裏に少しづつあの夜の光景が浮かんでくる。

二人は口づけを交わしながら、王がルドミラ王妃を寝台に沈めていた。そして王妃の髪から髪飾りを引き抜いて傍らに放る。すると美しい金髪が滝のようにはらりと流れた。

目の前の二人は、これから本当の愛を交わすのだ……。

そこまでなんとか思い出して胸にずきんと痛みが走る。

でも、何か重大なことを忘れている。

王女のしなやかな白い手が再び脳裏に蘇る。その手が髪飾りを掴んで――。

そこまで思い出して、フェリーチェは蒼白になった。

私は王を守ろうとして……。でも、その先の記憶がない。

「お、王妃様がヴィンフリート様を暗殺しようとして……」

声を震わせると、ヴィンフリートが安堵《あんど》させるようにフェリーチェをぎゅっと引き寄せた。

「いい子だ。もう怖がることはない。だが、そなたが寝台に飛び込んでくるとは予想外だった。フェリーチェ、あの時、ルドミラが毒を使って余を暗殺しようと謀っていたのは予想していたことだ。でも、私はほとんどの毒に耐性があるんだよ。まさかそなたが私の代わりに刺されるとは思ってもみなかった」

「ご、ご存じだったのですか……」

ヴィンフリートがルドミラ王妃の謀《はかりごと》を予想していたことに驚いた。初夜の儀では、二人は互いに思い合っているようにしか見えなかったからだ。

耐性があるとはいえ、ヴィンフリートが暗殺されなくてよかったとほっとする。

でも、毒のある髪飾りで刺された私は、なぜ助かったのだろう。

私には毒の耐性なんてない。

フェリーチェの疑問を感じ取ったのか、ヴィンフリートが顔をしかめながら言った。

「……そなたが倒れた後、すぐに私の血を飲ませた。私の血には毒の免疫があるからね。それにバルタザールによると、すぐ前にそなたと交わったのもよかったらしい。余の精をそなたに注いでいたから。神の血を引く王の身体には神秘の力が宿っているそうだ」

――だから、助かったの？　毒に耐性のある王の血を飲んだから？

神秘の力の宿る王の精をこの身に受けていたから？

そう思い至ってフェリーチェは、かぁっと頬を熱くした。

それを見て王が含み笑う。ふいに、すぐそばにいるヴィンフリートを男として意識してしまう。

でも、ルドミラ王妃様は？　王の暗殺を謀って無事ではいられないだろう。

「……ル、ルドミラ王妃様は……？」

フェリーチェは、震える声でヴィンフリートに聞き返した。まさかすでに処刑されてしまったのだろうか。

「王妃にはなってはいない。婚姻は無効だ。ルドミラ王女は、今この城の地下牢にいる。いずれ北の砦に幽閉するつもりだ」

「――なぜルドミラ王女様は、そんなことを？」

どう考えてもルドミラ王女が、暗殺を企むなどとは信じがたい。

「ドーラント王の差し金だ。ルドミラ王女と兄のドーラント王は腹違いの兄妹だ。そしてルドミラと同じ母から生まれた弟王子がいる。ルドミラは兄のドーラント王に、我がラインフェルドに和平の印として輿入れし、初夜の夜に私を暗殺するよう命を受けていた。さもなければ、弟王子を殺すと脅されて」

──なんてこと！　酷い……。

実の兄が、弟を人質に妹に暗殺を指示するなんて。しかも失敗しようと成功しようと、妹の命はないというのに。

だから、あのとき……。

閨の指南に来たときに、王女がフェリーチェに王の寝室を見せてほしいと強請《ねだ》ったときのことが思い出される。きっと暗殺を謀ったとしても、逃げ道がないことがわかり、殺される覚悟をしていたのかもしれない。

「それだけではない。ドーラントは婚儀に便乗し、我が国に攻め入る密計を立てていた。すべて事前に阻止したが」

「──そんな……」

なんて邪悪な考えを持った王なのだろう。ある意味、ルドミラ王女は被害者だ。

彼女は、狡猾《こうかつ》な兄の捨て駒だったのだ。

「お気づきだったのですか？　ドーラント王の謀に？」

「もちろん、あの抜け目ないドーラント王が自分の妹王女を和平の印としてただで提供するなどとは考えられなかった。だからカルに探ってもらっていたんだよ」

「カルに？」

フェリーチェは驚いて聞き返した。カルにそんなことができるのだろうか。カルはまだ子供のはずだ。

フェリーチェの訝《いぶか》る顔を見て、ヴィンフリートが続けた。

「――カルは子供のように見えるが、私よりひとつ年下なだけだ。そして、我が右腕として昔から働いている」

フェリーチェは驚いてすぐには声が出なかった。はなから子供だとばかり思っていたのだ。

「……じゃあ、カルが途中で私の傍からいなくなったのも……」

「私の命で、ドーラントを探ってもらっていた。婚儀の準備のためと称して」

――なるほど、どうりで婚儀が近づいてから、カルが忙しくなったわけだ。

でも、今回の王の婚姻は無効だと言っていた。

王はまた新たにどこかの国の王女を迎えるのだろうか。私は再び王が王妃を迎えるまで、秘巫女《ひめみこ》の務めを果たすのだろうか。

そう考えると、もう少し王の傍にいられることが嬉しくもある。なのに王がまた婚約者を迎えると思うと素直に喜べない自分もいる。また辛い思いをすることは分かっているから。

「では、私はまた、秘巫女を続けて……」

フェリーチェは目を伏せて唇をぎゅっと噛みしめた。それ以上聞くのが怖い。

「フェリーチェ、そなたはもう余の秘巫女ではない」

驚いて反射的に王の顔を仰ぎみた。フェリーチェは王の口から出た言葉が信じられなくて、絶望の淵に突き落とされる。

「あ、新しい秘巫女をお迎えになるのですか……？」

ヴィンフリートは少し沈黙した後、涼しい声で言った。

「いや、もう秘巫女は迎えない。そのことは神殿にも話を通している。それに前の秘巫女が、務めに忠実すぎて疲れてしまったからな。その代わり、新しい妃を迎えることにした」

「……新しいお妃様……」

ぐらぐらと魂を揺さぶられた気がした。その心の動揺をなんとか隠す。

王が新しいお妃様を迎える。でも、私は秘巫女を続けることができない。

私は結局、王にとって満足いく秘巫女にはなれなかったということだ。最初からミュリエルたちに言われていたとおり、とんだ落ちこぼれの秘巫女だったのだ。

「そうだ。もうそなたは務めを果たさなくともいい。フェリーチェ、言っただろう？　務めだと思っているうちは余の夜伽は務まらぬと。そなたは自由の身だ」

……そう嬉しそうに言われても喜べない。喜べないどころか、絶望のどん底だ。

結局、夜伽で王の無聊《ぶりょう》を慰めることができず、解任されたも同然ではないか。

きっとバルタザール大神官やラレス女神官も呆《あき》れていることだろう。

「まぁ、そなたのことはちゃんと考えている。すべてのことが片付いてからな。先のことは心配せずにゆっくり休め」

「ナァ――ン」

ヴィンフリートに同調するように、猫のヴィンも鳴いた。ヴィンフリートはくすっと笑いながら、フェリーチェの頭を優しく撫でた。

「ほら、もう少し寝るぞ。余も色々後始末があって、この五日間ほとんど寝ていないからな」

当然のように隣で横になり、フェリーチェを鍛えられた逞しい胸に引き寄せた。

「……あっ」

「ほら、休め」

王の男らしい香りがふわりと漂い、フェリーチェの五感をヴィンフリートの温もりが優しく包む。

その温もりにきゅんと心が震えてしまう。

もう秘巫女でないなら、どうして私をお城にある王の寝室に入れたのだろう。私が身代わりになったことに責任を感じているのだろうか。それともただ、回復するまでの看病のため？

色んな思いが心の中に渦巻いていく。

そんな不安も、すぐに寝息をたてはじめた王の寝顔をみて吹き飛んでしまった。

ヴィンフリート様の寝顔を見るのは初めてだった。

――考えるのは、後でいい。

新しい王妃を娶《めと》るまで、その残り少ない二人の時間を大切にしたい。

それによく考えたら、王になにもされずに一緒に眠りにつくのは初めてだ。たったそれだけのことなのに、なぜだか嬉しい。

王の規則正しい寝息が耳にじんわりと温かく響く。

フェリーチェは、儚《はかな》くも刹那の幸福感に酔いしれながら、ヴィンフリートの腕の中でまどろみの淵に堕ちて行った。

第9章　伝説の真相

フェリーチェがお城にある王の寝室で目覚めてから十日がたった。

ドーラント王国の奇襲から王都を守るため、一時的に軍で溢れ返った城下も今は平静を取り戻したようだ。

ヴィンフリートを欺き、暗殺や戦を仕掛けてきたドーラント王国は、ヴィンフリートの軍によって制圧されすでに属国となっていた。

ドーラント王は捕らえられたが自害したという。すぐに弟王子が即位したものの、まだ幼いことから、このラインフェルド王国から摂政を派遣し王子を後見することになった。

実質的にラインフェルド王国がドーラント王国の主権を握ることになる。

そしてルドミラ王女は、すでに北にある砦に幽閉されたという。

「……あの、ヴィンフリート様。ルドミラ王女様にお慰めのお手紙を出しても？」

フェリーチェと同じ寝台から身を起こし、執務に向かうために侍従が用意した国王の衣服に着替えているヴィンフリートに恐る恐る聞くと、その表情を少し険しくした。

「……構わないが、当然、ルドミラ王女が出す手紙も、届けられる手紙も物資もすべて検閲されているぞ。それでもいいのか？」

フェリーチェは、こくりと頷《うなず》いた。

彼女は邪悪な兄王の被害者なのだ。

兄に弟を人質に取られ、ヴィンフリートを殺めなければと、限界まで追いつめられていたのだろう。ルドミラ王女のことを考えると心が痛む。

それでも人を殺めようとしたことは、罪だ。

その罪を償い、いつか幽閉が解かれればいいと思う。

「なにをぼうっとしている？　まだ体調が悪いのか？」

王が寝台に近づき、身をかがめてフェリーチェに口づけてきた。不意打ちのような口づけに、フェリーチェは、んっ……っと小さく声を漏らす。

最近、分かったことがある。ヴィンフリートはとても過保護だということだ。もう十日もたって、ときおり眩暈《めまい》がすることはあってもすっかり身体は元に戻っている。

でも、この寝室で寝起きするようになってから、ヴィンフリートはフェリーチェの体調を気遣って、秘巫女《ひめみこ》だったときのように身体を求めることはない。ただ一緒に眠るだけだ。

今のように、気まぐれに口づけをすることはあるけれど、それは秘巫女としての名残からなのだろうか。

とはいえ、フェリーチェはもう王の秘巫女ではなくなった。そうはっきりと、ヴィンフリートに宣言されている。

なのに、いつまで王の寝室に留め置くつもりなのだろう？

もし新しいお妃様を迎える準備をするならば、フェリーチェもそろそろここを出て、神殿に戻らなくてはいけない。

以前のように、ただの神官見習いに戻るのだ……。

でも、自分からはなかなか言い出せなかった。

もう少し、ほんの少しの間だけ、王の傍にいたいと心が甘えている。

「……そろそろ、いいかな」

口づけを解いたヴィンフリートが艶めいた声音で独りごちた。

「？　なにがですか？」

「今宵、分かる」

意味深な答えを残し、ヴィンフリートは侍従とともに、王宮の執務室に向かっていった。


ヴィンフリートの私室は、ものすごく広かった。この私室だけで籠城も可能なように造られている。寝室の両脇には武器庫や食糧庫、湯殿などが続いていた。

武器庫には、最新式の銃も配備されていた。ドーラントの兵士たちが、あっけなく白旗をあげたと聞いていたが、きっと武力の差があったのだろうと思い至る。

その中に、ひとつだけ古い年代物の銀の弓と矢がぽつりと置いてあるのに気が付いた。

それは複雑な彫刻が施されており、美しく弧を描いている。かなり高価なものだと一目で分かる。あとでヴィンフリートに聞くと、自分が作らせ、昔から愛用していた弓だと言っていた。

ヴィンフリートが作らせたにしては、あまりに古い年代物のような気がしたものの、わざと昔風に作らせたのかもしれない。

その他にも、小さな食堂や一時的に政務をとれる執務室もあった。いざというときには、ここが国の中枢機関になるのだろう。

フェリーチェは初夜の儀の後、この部屋で目覚めてから、ほぼ王の居室の中でなんの不自由もなく、生活している。

一番のお気に入りは、バルコニーに出て柔らかな日差しにあたり、お茶を飲みながら窓から外の景色を眺めることだった。

バルコニーからは、神殿の敷地も一望できる。

森に囲まれた神殿は美しい。フェリーチェが小さい頃から一人でよく遊んだ神殿の泉がよく見えた。

その日の午後、いつものようにバルコニーで昼食後のお茶を飲んでいると、ラレス女神《にょしん》官《かん》が現れた。

ラレス女神官は神殿との連絡係として入城を許可されており、バルタザール大神官からの伝言を運んでくる。

　バルタザールは、頻繁にフェリーチェの容体を確認しに、ラレス女神官を遣わしていた。

「フェリーチェ様、かなり顔色もよくなりましたわね。バルタザール大神官もほっとなさるでしょう。それでバルタザール大神官が、フェリーチェ様と二人きりで今後のことを話したいとの仰せです」

「今後のこと？」

　ラレス女神官は神妙な面持ちで頷いた。

「……ええ。フェリーチェ様、王が新たに王妃をお迎えになることはお耳に入っておりますよね。でも、王は身を挺して自分を守ったフェリーチェ様のことをいまだ自分の居室に留め置いています。すでに諸外国の噂《うわさ》に上るほどに。それをバルタザール大神官は危惧しております」

「危惧……」

　まるで鸚鵡《おうむ》のように繰り返した。いよいよこの部屋を出なければいけない。それはフェリーチェが最も恐れていたことだった。

　ラレス女神官は、頷《うなず》きながら答えた。

「ええ、今の状況は王にとってよくありません。ですがヴィンフリート陛下は、命の恩人に向かって、この居室から出て行くようにとは、自分からは言い出しづらいでしょう。それに王妃を迎える前に、王の寝室に妃でもない女性がいるとなれば、ヴィンフリート様の体面にもかかわります。この国の貴族にもフェリーチェ様の存在を憂慮するものが出てきていますから。フェリーチェ様のご体調も回復したようですし、そろそろ、ここを出られるように今後のことを相談したいそうです」

やはり……。

いつかこの日が来るとは思っていた。もう少し傍にいたいというのは、自分の我が儘《まま》に他ならない。ヴィンフリート様のためにも、本来は自分から言い出すべきだったのだ。

「申し訳ありません。分かりました……」

夢は必ず醒める。ヴィンフリート王は、私の身体を気遣ってくれていただけ。なのに大切に、優しく扱われるのが嬉しくて、夢から醒めるのを引き延ばそうとしてしまった。

――いよいよ王とのお別れの時が近づいている。

フェリーチェはこみ上げる想いを抑えて、王と一緒に眠りについている寝台に目をやった。

その様子を背後から、射るようにみつめているラレス女神感官には気がついていなかった。

＊…＊…＊

「――あの、バルタザール大神官はどちらに？」

フェリーチェがラレス女神官に連れてこられたのは、意外にも神殿のはずれにある泉の畔《ほとり》だった。

ちょうど今はシロツメクサの花が一面に広がって、真っ白な絨毯《じゅうたん》をしきつめたようだ。

昔はよく、ひとりでここで遊び、シロツメクサの花冠を作っていたことが思い出された。なぜか、この場所が好きだった。好きというより、なんだか思い入れのあるような場所だった。

「フェリーチェ、バルタザール大神官のところへ行く前に、あなたに教えておきたいことがあるの。この国の初代王の伝説を知っている？　この泉にまつわる伝説を」

ラレス女神官は、泉を背にして振り返ったフェリーチェに一歩近づくと、探るように問いかけた。

教えておきたいこと。それは何だろう？

ラレス女神官が、ゆっくりと口の端を引き上げた。その表情になぜか既視感が湧いて、背筋にぞくりとした震えが走る。この光景を遠い昔にどこかで見た気がするのだ。

「しょ、初代国王の伝説ですか……？　ええと、初代ヴィンフリート王が、この泉に咲いた花を手折るとそれが美しい乙女になり、一目で恋に落ちた。王はこの泉の畔で契りを結び、その乙女をお妃様にして、一生大切にした。そして二人は長きにわたり国を繁栄に導いた……のですよね。王妃が死んだあとは、王は神殿を作り、女神と崇めて永遠の愛を誓った。そんな伝説です」

この国に生まれ育った人間なら、誰もが知っている。小さい子供に読み聞かせるように絵本にもなっている。

なぜ、そんなことをわざわざ聞いてくるのだろう。

「ふふ……、その言い伝えは、のちの国民によって作り変えられた話なの。本当の話は全く違う。それを教えてあげる。伝説の真実をあなたは知っていたほうがいいと思うから」

ラレス女神官は、また一歩、フェリーチェに近づくと物語を紡ぐように話をつづけた。

「もともと初代ヴィンフリート王には、婚約者がいた。でも、王は神殿の見習い神官だった乙女とこの泉の畔で出会い、一目で恋に落ちて契りを結んだ。そして婚約を破棄し、その乙女を妃に迎えようとした」

ラレス女神官の口から聞かされる話は、初めて聞くものなのに、なぜかその話を知っている気がした。

――いや、覚えている、といったほうがいいのかもしれない。

「でもそれは叶わなかった。その乙女は妃になるという重圧に耐えかねて、この泉に身を投げたの。この泉は底なしで入ったら助からない。その乙女が死んだあと、泉の畔には一面にシロツメクサの花が咲くようになった。この国では、シロツメクサは想いを叶えられなかった乙女の象徴と言われているの」

ラレス女神官は、身をかがめて足元に広がるシロツメクサの花を引きちぎり、フェリーチェの目の前で、指で粉々にした。

「――初代ヴィンフリート王は悲しみに暮れ、神殿を建立《こんりゅう》した。結局、王は他国の王女を娶《めと》り、この国を繁栄に導いた」

ラレス女神官から語られる物語に、フェリーチェは身体の温度が抜け、ぶるぶると震え始めた。

――怖い。なぜだか、恐怖が蘇る。危険だ。ラレス女神官は。

フェリーチェの全身全霊が、恐怖に慄《おのの》いている。

「そう怖がらないで？　あなたも真実を知りたいでしょう？」

ラレス女神官は、また一歩フェリーチェに近づいて、ふふ、と笑った。

「その乙女がこの泉に身を投げたというのは表向きなの。本当は、殺されたの。王の婚約者に。――だって許せなかったんだもの。私の愛するヴィンフリートが、他の女を、それも神官見習いと恋に落ちるなんて。私との婚約を破棄して、その女を妃に迎えるだなんて」

ラレス女神官はいったい何を言っているの？

同じ言葉を遠い昔に聞いたような気がして、フェリーチェは全身に鳥肌が立った。

「あ、あなたは……まさか」

「ふふ、やっと思い出した？　私は初代王の婚約者だったの。あなたが現れて横取りする前までは。私は生まれたときから前世の記憶があった。でも、今のヴィンフリートも、あなたも前世の記憶が全くないんですもの。三人とも、顔も名前も昔と変わらないというのに。ほんとうに困ったわ」

肩を竦めてくすりと笑う。

「今のヴィンフリート王も、またあなたを妃に迎えようとしている。バルタザール大神官も手放しで喜んでいるわ。でも私はどうしても許せない。私からヴィンフリートを奪ったあなたが、再びヴィンフリートと巡り会って結ばれるなんて。私がどんな思いでいたか分かる？　私の目の前から消えてほしい、そう思ったの。だから、あなたの食事に毒を盛った。でも、あのカルとかいう少年にすべて見抜かれたわ。それからは怪しまれないように女神官の役割を果たしていたけれど。でも、あの猫だけは罠にかかったけどね」

くすくすと可笑しそうに笑う姿が狂気じみている。

「あ、あなたが、猫のヴィン様を殺そうとしたの？」

「ふふふ、簡単に苺につられちゃうんですもの。ヴィンフリートがいつもそばに置いて大事にしていた猫をあなたに贈るなんて許せない。死ねばよかったのに残念だわ。それにフェリーチェ、あなたもよ。ルドミラ王女の毒で死ぬかと期待していたのに。そうすれば、私が手を煩わせずに済んだのにね」

また、一歩ラレス女神官はフェリーチェとの距離を詰めてきた。

怖い。前世の記憶が一瞬でぶわりと蘇《よみがえ》る。

――ああ、わたしはここで、王の婚約者だったラレスに殺されたのだ。この底なしの泉に突き落とされて。ヴィンフリートに助けられたけれど、間に合わなかった。

あの時ヴィンフリートは、自分を腕に抱きしめながら泣き叫んでいた。逝《い》くな、一人で逝くのは許さない、と。私はヴィンフリートを悲しませてしまったのだ。

すべてを思い出し、胸に苦しさがこみ上げて、いつの間にか涙がぽろぽろ零《こぼ》れていた。

自分が死んだことが悲しいのではない、ヴィンフリートを残して死んでしまったことが悲しいのだ。残されたヴィンフリートの生き地獄のような苦しみを思うと胸が潰れてしまいそうだ。

こうして生まれ変わったというのに、私はまた、ラレスに殺されてしまうのだろうか。ヴィンフリートを残して。

「――歴史は繰り返す、というでしょう？　だからあなたをまた、この泉に沈めないと」

ラレス女神官が一歩近づくごとにフェリーチェは後ずさった。でももう、ダメだ――。

これ以上後ろに行くと、泉に落ちてしまう。

そのとき、空気の流れが変わった気がした。

「それは違う、ラレス。歴史は繰り返す。だが、二度目は幸せな結末を迎える」

突如として、現れたのはヴィンフリートだった。その手には武器庫で目にした年代ものの銀の弓矢が握られている。今にも矢を放ちそうな勢いで、弓を構えている。

「ヴィンフリート‼　や、やめて！　何をするの？　前と同じようにその弓矢でまた私を殺すの？　せっかく神様が私たちを生まれ変わらせてくれたのよ」

ラレス女神官がヴィンフリートの方に向き直り、恐怖に顔を引き攣らせた。

ぎりぎりと限界まで引き絞った矢の矛先が、ラレスの心の臓に狙いを定めている。

「いや違う、そなたを生まれ変わらせたのは神じゃない。――悪魔だ」

怒りを滾らせ、瞳をくっと細めて狙いを定めたヴィンフリートに、ラレスはひっと声を上げた。蒼白になって、後ずさる。

――ひゅん。

フェリーチェの目の前を銀の矢が一迅の風のように空を切った。

「ぐっ、うううう――」

銀の矢は、的確にラレスの急所を射抜いていた。罵《ののし》りの言葉が悪魔の呪いのように口汚く吐かれる。ラレスは呻きながら、泉の中にゆっくりと落ちていった。

ごぽりと不気味な音がした。

透明な水を湛えた泉から突如として黒い水が沸き上がり、ラレスを呑み込んで泉の底に引き摺り込んでいく。

黒い水はぐるぐると渦を巻きはじめた。そして泉の中央に黒い水が吸い込まれると、何事もなかったように元の透明で静かな泉に戻っていた。

「フェリーチェ！」

「ヴィンフリート様っ……」

弓を投げ捨てて、ヴィンフリートが駆けつけてきた。フェリーチェは安堵《あんど》で体の力が抜け、足元から崩れそうになるのをヴィンフリートの腕にぎゅっと抱き留められる。

「……間に合ってよかった。昼過ぎに私室《へや》に戻ったら、そなたの姿が見当たらなくて探したんだ。バルコニーに出てみると、泉の畔に二人でいるのが見えた。その瞬間、ラレスが邪悪な心を持ったまま生まれ変わり、またフェリーチェを殺そうとしていると分かった。すぐに弓矢を手に取って駆け付けたが、そなたをまた失うのではないか思って心臓が止まりそうだった」

ヴィンフリートは深く息をつくと、フェリーチェの存在を確かめるように、銀の髪に顔を埋め、口づけを降らせる。

ようやく恐怖から解放された安堵感からか、身体が小刻みに震え出す。

「……いい子だ、大丈夫。もう安心だよ」

ぎゅっと抱きしめられ、ヴィンフリートが宥《なだ》めるように背中をさすってくれている。

ようやく震えが治まると、勇気を出して問いかけた。

「ヴィン様……、ヴィン様も、前世の記憶を?」

ヴィンフリートも前世の記憶のすべてをとり戻しているのだろうか。だとすればその記憶は、ヴィンフリートを苦しませたに違いない。

「……ああ、だがラレスのことは、バルコニーから二人の姿を見るまで分からなかった。フェリーチェのことを思い出したのも、そなたを秘巫女に迎えてからだ。それからは、二度とそなたを死なせはしないと誓った」

ヴィンフリートはフェリーチェをじっと見つめた。急にフェリーチェはどぎまぎして顔を赤らめた。いつも夜にばかり見ていたヴィンフリートだが、陽の光の中で見ると、その透明感のある瞳に魅了され吸い込まれそうになる。なぜか急に喉がカラカラになった。

「フェリーチェ、ラレスの話した物語には、続きがある」

「続き？」

ヴィンフリートは、深手を負った傷の痛みを思い出すように、一瞬、顔を切なくした。

「――この国では千年たてば人は新たな命を得て、その血を引き継ぐ者に生まれ変わると言われている。だから初代ヴィンフリート王は、フェリーチェを失った後、その亡骸を抱えたまま、この泉に誓った。もし神がいるのなら、生まれ変わって再びフェリーチェとめぐり合わせてほしい。そのために自分の命もすべて、この国のために捧げる。自分の感情を殺して、次代にその血を受け継がせるために」

ヴィンフリートはそっと傍らのシロツメクサの花を摘んだ。フェリーチェの手を取って、二人でその小さな花を握りしめた。

「――千年後、再びフェリーチェと巡り合うために」

フェリーチェは、ぽろぽろと涙が零《こぼ》れるのを止められなかった。

ヴィンフリートは、自分を失った後、どんなにか辛かったことだろう。

逞しい指が、そっと優しくフェリーチェの頬を撫で涙をぬぐう。

「フェリーチェ、愛している。永久《とこしえ》の愛をフェリーチェに捧げる」

二人は引き寄せ合うように、唇を重ねた。

甘い水音が響き、ヴィンフリートが想いのたけを伝えるように口づけを深めてくる。

フェリーチェは涙をこぼしながら、二人の魂が触れ合うような口づけに陶酔した。

――でも、でも……。

フェリーチェは、さらに濃厚に舌を絡めようとするヴィンフリートの唇から、なんとか自分の唇を引きはがした。銀の糸がつぅっと互いの唇同士を結び、ぷちんと切れる。

「フェリーチェ？」

「ヴィンフリート様は、お妃様を迎えるのですよね？　だったら私など……」

ヴィンフリートが、肩を竦めて柔らかく笑う。

「フェリーチェ、そなた以外の妃を迎えるつもりはない。本当は、そなたが秘巫女になったときに、すぐにもその任を解いて妃に迎えたかったのだが、先にドーラントと決着をつけざるを得なかった。ドーラントを欺《あざむ》くためとはいえ、辛い想いをさせてしまってすまない。それに、そなたは忘れてしまっているが、小さい頃、約束をしたからな」

そう笑って、フェリーチェが握りしめていたシロツメクサの茎をくるりと巻いて指輪を作る。

「約束の指輪だよ」

シロツメクサの小さな指輪をフェリーチェの指にそっと嵌《は》めた。可愛らしい花が、フェリーチェの指先でそよ風に揺れている。

小さい頃こんな夢を見たことがある。

あれは、夢だとばかり思っていた。

ヴィンフリートが、眩《まぶ》しそうにフェリーチェを見た。

「いつもそなたを見るのは、夜だけだった。こうしていつか陽の光の中で見てみたいと思っていた。可愛いフェリーチェ、そなた以上に愛しいものはない。それに前世を引き摺るつもりもない、今のフェリーチェがこのうえなく好きだ。余の伽に一生懸命になるそなたがこよなく可愛い」

「……ヴィンフリート様……」

「愛してる。フェリーチェ。これからは、遠い昔の過去ではなく、二人で未来を紡いでいこう」

フェリーチェの頬を大きな掌《てのひら》で包み、そっと口づけを落とした。そうして、もう二度と離さないとでもいうように、力強い腕の中に閉じ込めた。

第10章　千年の誓い

泉の水面《みなも》がキラキラと輝いているのが見える。泉の傍の木陰にある東屋には、小鳥たちが屋根に広がる新緑に舞い降りて、初夏の訪れを奏でていた。

なのに、目の前にいるのは、すべての服を脱ぎ去ったヴィンフリートだ。東屋の長椅子にフェリーチェをそっと横たわらせ、くすりと微笑みながら覆いかぶさってきた。張りのある少し陽に灼《や》けた素肌が眩《まぶ》しいほど男らしい。

「――こうして陽の光で見ると、そなたの唇はこんなにも可愛い桜色をしていたのだな」

それはヴィンフリートも同じだった。夜は艶めいて濡れたような漆黒の黒髪が、初夏の陽光に反射してさらさらとそよいでいる。フェリーチェは、思わず手を伸ばしてそのさらさらな黒髪の感触を楽しんだ。ヴィンフリートがフェリーチェのその手を捉え、ほっそりした指を一本一本口に含んで味わっていく。

「そなたのどこもかしこも甘い――可愛い」

今度は桜色の唇を舌で擽《くすぐ》るようになぞり、すぐに口内の可憐な舌を捉え絡みついてきた。角度や深さを変えながら、陽の光の下で濃厚に口づけされ、恥ずかしさに身体が火照りを帯びる。

くちゅ、くちゅという淫らな水音に、鳥たちが囀《さえず》りをやめ、二人の様子を窺《うかが》っている。

「唇だけじゃない、胸の蕾も愛らしく色づいている。まるで開花を待つ桃の蕾《つぼみ》のようだ」

ヴィンフリートはフェリーチェの両の胸をやわやわと揉《も》みしだき、胸の谷間に口づけてきた。躰のわりに豊かな乳房を掬《すく》い上げ、ぴんと尖った乳首を果実をしゃぶるように代わるがわる吸う。

愛撫《あいぶ》に蕩け、甘い疼《うず》きが駆け上り、手足からくたりと力が抜けていく。

「……んっ、ヴィンさまっ、ここで、こんな外で――んっ……」

今までは、夜の帳《とばり》の降りた中でしか交わることがなかった。

こんな昼間から恋人同士のように求められることに、恥ずかしさが湧く。

なのにヴィンフリートから与えられる快感に、漏れ出す声は悦びに染まり、我慢することができない。水面に揺れるさざ波のようにフェリーチェの身体が悦びにさやめきたつ。

「神殿の陽の光の下で、そなたを抱けるのも王に与えられた特権だな。それに、ここもどんなふうに色づいているのか確認しなくては」

ヴィンフリートがフェリーチェの腰の鎖にそっと手を伸ばす。くいっと鎖を引っ張られただけでリングの中の花芽がぴくんと震えて、とろりと蜜が滴り腿を伝う。

「やぁ、そこは……ヴィン様、んっ……だめ……」

「だめじゃない、ここの蕾《つぼみ》も可愛がってやらなくては」

ヴィンフリートは笑みを浮かべながら、焦らすように鎖を指先で辿る。花びらの奥に眠るフェリーチェの秘めやかな部分に長い指を差し込み、リングの中に潜む花芯をにゅるんとひと撫《な》でした。

まるで長い冬眠から目覚めさせるように。

「ああっ……！」

もう何度も触れられているというように、新たな悦楽が全身に流れ込む。ヴィンフリートの指が花芽を弄《いじ》るたびに、とろりと愛液が吹きこぼれてしまう。

「あ……、や……、おかしくなっちゃう……」

「ふ、感じやすいのは変わらないな。余の部屋で一人で留守番している間、教えてやったように、ここを自分であやさなかったのか？」

「……そんなこと、しません……！」

まさか王の居室で王の不在の間にそんな淫らなことをできるはずもない。フェリーチェは、少し頰を膨らませて、責めるようにヴィンフリートを見た。

「……それに、もう秘巫女の務めは終わったはずです。務めが終わればこれを外してくださると……」

「何を言う、まだ務めは終わっていない」

「――え？」

問いかけるように見つめると、ヴィンフリートは涼やかな笑みを向けながら、華奢《きゃしゃ》な足

を割り開く。

「まだ妃としての務めが残っているだろう？」

そう嬉し気に喉を鳴らしながら、ヴィンフリートは、フェリーチェの花園を見て目を瞠《みは》る。

「なんと、ここもまるで早咲きの薔薇《ばら》の花びらのようにみずみずしい。美しい色だ」

ヴィンフリートの舌先が伸び、そっと花びらを擽《くすぐ》った。滴る甘露を味わうように舐めとっていく。

ゆっくりと舌を這《は》わせ、ぬるぬると左右に滑らせながら、襞の柔らかな感触を満足いくまで堪能している。

これまで王に弄ばれつくした身体は、その先の快楽を欲しがって、ひくひくと震え始めた。ヴィンフリートの舌が優しくあやす感触に、まどろみにも似た心地よさを感じて、体中が快感に酔いしれている。

さんざん肉襞を解された後、舌先がぷっくりと熟れた花芽を根元から転がすようにふるふると刺激した。

「ふぁあっ——……！」

花嵐が巻き上がったかのように、一気に天の高みに押し上げられ、風に舞う花びらのようにひらひらと揺れ堕ちる。

ヴィンフリートは、まだ絶頂のただ中のフェリーチェの太腿を大きく押し広げた。蜜の湧き出る泉に滾《たぎ》った己の太茎の切っ先をあてがい、ゆっくりと呑み込ませていく。

「あぁっ――……」

熱杭で埋め尽くされる充足感に、この世界に二人しか存在しないかのような甘い快楽に溺れてしまう。

挿入されただけで、媚肉《びにく》が歓喜に湧き立つように蠢《うごめ》いている。

「……っ、きついな……こうすれば少しは良いか」

繋がり合ったまま、ヴィンフリートはフェリーチェを軽々と抱き起こし、膝の上にのせて向かい合わせにする。自分の身体のたよりなさに、思わずヴィンフリートの首にぎゅっと縋《すが》りつくと、ヴィンフリートが愛でるように頭にそっと口づけた。

ゆっくりとフェリーチェの感じるところを確かめるように腰を突かれると、たちまち甘く痺れ蕩けそうになる。

腰にまたがり、まるで自分から雄を迎え入れているような卑猥《ひわい》な格好に感じてしまう。

媚肉がきゅんと収斂《しゅうれん》してヴィンフリートの肉棒を締め付けた。

「っ……、リーチェ、可愛い。そなたが余を咥えこんでいる」

「……ああっ、あん……っ」

ヴィンフリートはフェリーチェの小さな尻を摑《つか》んで、上下に揺さぶりはじめた。長い肉棒がずるりと引き抜かれると、身もだえして背をしならせる。すぐにエラの張りつめた亀頭が柔肉に侵入し、太茎で奥までみっしりと塞がれる。

もう一杯に満たされているというのに、ずぶずぶと腰を突き上げ、太い根元まで押し込むようにする。

「あぁっ、すごいっ、奥まで入って……、ヴィンさまっ、ヴィンさまぁ……！」

ぬちゅ、ずぷっと猛然と揺さぶりをかけられ、乳房が上下に激しく弾み、ヴィンフリートの硬い胸板と擦《こす》れあう。それだけで何度も極みに達してしまう。

「ふ……、何度でも達くといい、フェリーチェ」

ヴィンフリートの腰が卑猥に上下して抜き差しされる感覚に陶然とする。

「あぁっ……、ヴィン様、好きっ……」

雄の太い筋がフェリーチェの柔襞《やわひだ》を生々しくこする。堪えられずに濫《みだ》りがましく唇から涎を滴らせながらヴィンフリートの上で悶絶《もんぜつ》する。

身体だけではない。

快楽に溺れ恍惚《こうこつ》としながらも、フェリーチェの魂もヴィンフリートと繋《つな》がっていた。

もう二度と、離れない……。離れたくない。

「……フェリーチェ、愛しい妃——そなたは、余のものだ」

ヴィンフリートのその声に、ゆるぎない愛情が満ちている。

胸の中にいっぱいに、これまでの想いが溢《あふ》れて切なくなる。

——私も愛してます。

返事をしようと思うのに、漏れるのは甘ったるい喘《あえ》ぎ声。律動が今までになく激しくなり、ヴィンフリートの荒い息に、雄の慾《よく》を感じて花芯がじんじんと疼く。

――ああ、気持ちいい。気持ちよすぎて……。

とまらない快感にすすり泣く唇を塞がれ、無我夢中で淫らに口づけを交わす。

二人の魂がひとつになり、ともに絶頂へと高みを目指して昇っていく。

これまでのどんな伽《とぎ》よりも、淫らで、甘美で、堪らなく感じて全身が痺《しび》れ――。

「く――、……リーチェ……っ」

「ヴィンさま……――っ」

太茎がはち切れそうなほどフェリーチェの中で硬く膨らんだ。

最奥でどくっと戦慄《わなな》き、熱い奔流がフェリーチェの一番深い部分に注ぎこまれる。

――ああ、ヴィン様の熱が――。

堪らない快楽と、この世に再び生まれた喜びを噛《か》みしめ、フェリーチェはヴィンフリートと繋がったまま、身体を限界まで仰け反らせた。

互いに恍惚の域に達した姿が、まるで泉のほとりで契りを結んだ伝説の二人のように浮かびあがる。

眩《まぶ》しいほどの陽の光の中、フェリーチェは銀色の髪を風にそよがせながら、ヴィンフリートの与える愛の悦楽に溶けていった。

エピローグ　儚《はかな》い恋は恋花燈にのせて

恋人同士が一緒に恋花燈を浮かべると、末永く幸せになれるというジンクスがあるからだ。

に恋花燈《れんかとう》を浮かべようと、張り切っていた。

「……リーチェ、そんなに急がなくても精霊祭は逃げないよ」

「ヴィン様っ、はやくはやくっ！」

一年後の精霊祭の夜、フェリーチェは神殿の中に流れる清流で、ヴィンフリートと一緒

一年前、ヴィンフリートが隣国ドーラント王女を王妃に迎えようとし、奇しくも初夜の儀の最中に暗殺を謀られた。それに乗じて、ドーラントがこのラインフェルド王国に奇襲をかけようとしたが、あらかじめ察知していたヴィンフリートにすべてを封じ込められた。

ドーラント王は、その居城でラインフェルド軍に包囲され自害した。ルドミラ王女はいったん、北の砦《とりで》に幽閉されたものの、監視付ではあるが、ヴィンフリートの計らいで祖国のドーラントに戻ることができた。

——そして。

「ああ、お二人ともちょうどよかった。ヴィンフリート王とフェリーチェ王妃様の肖像画が届きましたよ。こちらの壁に掛けておいていいですか？」

カルが手に大きな肖像画と梯子《はしご》を持って二人の居室に入ってきた。

「ああ、まかせた」

ヴィンフリートが寝室の壁をみて目を細める。

そこには年月を重ねた初代ヴィンフリート王と、その想い人だったという銀の髪をした乙女の肖像画が飾られていた。

この肖像画は、初代ヴィンフリート王が身罷《みまか》るまでずっと大事に私室にあったそうだ。彼は死を迎えるときに、肖像画を見つめて「ようやくこれで、出会える……」と言い残したという。

いつしかこの肖像画はどんな謂《いわ》れでここに飾られたものなのかわからなくなった。銀の髪の乙女が誰なのか謎のまま、いまだこうして王の居室に残されていたのだ。

その隣に、今回、新たに王妃となったフェリーチェが、ヴィンフリートの隣で寄り添っている肖像画が飾られることとなる。

「うん、前よりも可愛くなっている。今のフェリーチェの方がずっといい。でもちょっとふくよかになったかな？」

並んだ肖像画を見て、ヴィフリートは満足そうだ。

「もう、ヴィン様ったら……、そんなに目立ちます？」

フェリーチェは、自身のお腹にそっと手をあてがった。その上からヴィンフリートが大きな手を重ねる。

二人は、そのまま見つめ合った。ここに二人の愛の結晶が宿ったのだ。

「フェリーチェは、そのままで可愛い。我が愛しの妃」

ヴィンフリートが、ちゅっと不意打ちのキスをする。カルがいるのに……とフェリーチェは赤くなる。

「あ〜、もう、お二人とも、早く精霊祭に行ってきてくださいよ。見ていられません」

カルが梯子を下りながら呆《あき》れるように言った。

「ナァ――」

猫のヴィンも寝台の上で寝そべっていたが、太いしっぽをペチン、と打って早くいけとせかしている。

「じゃあ、行こうか?」

「あっ……」

ヴィンフリートはフェリーチェを抱き上げてると、城を抜けて神殿の清流へと向かう。

王妃を抱いた王が、臣下らと行き交う度に、目を丸くされ唖然《あぜん》とされる。

――もう、恥ずかしい……。

ひっそりと、二人で精霊祭に行きたいのに。これでは、いったい何事かと目立ってしまう。

なのにヴィンフリートは、当然とばかりに、フェリーチェを抱き上げて連れて行く。

過保護すぎだと思うものの、心からの愛情を感じて、嬉しいのも確かだった。

「ほら、着いたぞ」

「わぁ～、綺麗《きれい》……」

神殿を流れる清流の川辺につくと、何人かの若い女性が早くも恋花燈を浮かべていた。

月が清流に映り込み、ゆらゆらと揺れている。

二人はともに並んで、流れる清流にそってゆっくりと歩く。

一年前のあの時と同じように、恋花燈が鏡のような水面に浮かび、ちらちらと灯を揺らめかせながら、水の流れに揺蕩《たゆた》っている。

フェリーチェも、去年ヴィンフリートから贈られたシロツメクサの花を模った真っ白い恋花燈をそっと手に載せた。

「でも、ヴィン様、どうして去年、これを贈ってくださったの？　もう精霊祭は終わった後だったのに」

一年前の精霊祭の夜、思いがけずヴィンフリートとルドミラ王女が仲睦まじく恋花燈を浮かべる姿を見て、心が引き裂かれそうだった。今となっては、それもヴィンフリートの敵を欺く計画だったと分かっているが、あの時のことを思い出すと胸が切なくなる。

「――いや、実はあの夜、部屋に戻ってからカルに事情を話したんだ。精霊祭など、ただの気休めのまじないだろう？　なぜフェリーチェがそんなに泣いてたのか分からなくて。

でも、カルに呆れられてね。女心が分かっていないと」

　ヴィンフリートは気まずそうに続けた。

「正直、慌てた。王女にせがまれて恋花燈を浮かべたのも、仲が良いふりをするため仕方が無かった。王女も兄の手前、私の気を引こうと必死だったらしい。私を虜にして、欺くためにね」

「でも、でも、ヴィンフリート様も少しは、王女様に心を惹《ひ》かれたのではないの？　だって、閨《ねや》の指南の時にルドミラ王女様が言っていたもの。ヴィンフリート様にキスしてもらったと……」

　そう、あの時、王女は嬉しげに頰を染めていた。

「——キス？　ルドミラと？　いや、初夜の儀の当日まで、ルドミラ王女とはそんなことはしてないな」

「うそ！」

「嘘じゃない。本当だよ。秘巫女としてフェリーチェと再会したときから、心に決めたのはフェリーチェだけだった。ルドミラもフェリーチェに虚勢を張ったのだろう。恋花燈を後から贈ったのは、カルにあまりにフェリーチェに冷たい対応を続けていると、愛想をつかされると脅されたんだよ。だから慌てて恋花燈を準備してフェリーチェに贈った。何もかも片付いたら、来年は一緒に流そうというメッセージを籠《こ》めたつもりだったのだが」

　——そんな意味があったとは、思いもよらなかった。

あの紙切れ一枚のメッセージだけでは、分かるはずも無い。

フェリーチェは、ヴィンフリートを恨めしく見る。もうちょっと説明してくれてもよかったのに。

それでも、こうやって恋花燈を一緒に浮かべる日を迎えられたのは、嬉しい。

ヴィンフリートは過去に囚われないとは言っていたものの、私が前世で命を落とした後、泉のほとりに咲いたシロツメクサの花にもきっと思い入れがあったのだろう。

二人の想いの籠もったシロツメクサを模した恋花燈に、ヴィンフリートが燧石《ひうちいし》で火を点した。

フェリーチェは灯が消えないよう、そうっと浮かべると、恋花燈がゆったりと水面を流れていく。

叶うことのなかった初代ヴィンフリート王と銀の乙女の儚《はかな》い恋をのせて。

「――リーチェ、巡り合えてよかった」

ヴィンフリートが柄にもなく声を震わせた。

永遠とも思える、長い時を経て再び巡り合えたのだ。

フェリーチェは、返事をする代わりにヴィンフリートに寄り添い、その胸にぎゅっと頬を摺《す》り寄せた。

悲しい過去は、生まれ変わった二人により終わりを告げた。

――これからは、二人で新たな未来を築いていく。

愛するヴィンフリートと二人で。そしてこのお腹に宿った小さな命とともに。
二人はそっと唇を重ねた。永遠《とこしえ》の愛を誓うように。
寄り添う二人の姿が恋花燈とともに、ゆらゆらと揺れる水面に浮かび上がっていた。
今宵、ヴィンフリート王と銀の乙女の物語が新たに紡ぎだされていく。

あとがき

皆様、こんにちは。月乃ひかりです。本作をお手に取っていただいて、ありがとうございます。新しくリニューアルしたムーンドロップス様で、前作に続いて二作目となるお話を刊行させていただけて、大変光栄で嬉しく思います。

今回の作品は、去年の秋ぐらいからどんなストーリーにしようかと考えておりました。また、イラストレーター様が、私も大ファンの石田惠美先生という事で、ぐぐっと力が入り、これは石田先生のファンの方にも納得していただけるように、ラブシーンも濃厚でドラマティックな物語にしたいと思いました。当初、プロットを出していたのは違うお話だったのですが、そちらを書き進めているうちに、ふと、この物語がエンディングまで、ぱぁ～と降ってきまして、憑かれたようにプロットを書いて編集者様にお送りしたところ、ご了解をいただき、この物語を皆様にお届けすることができました。

この物語のヒロイン、フェリーチェは、王の夜伽をする「秘巫女《ひめみこ》」という公に認められた存在ですが、史実などを色々調べましたところ、実際にインドのマハラジャの家では、王の精（射精回数や品質）を管理するガチカと呼ばれる女性がいたそうです。

流石はリンガ（男根）崇拝のあるインド！　奥が深い……！　しかも秘巫女と同じく、務めを果たした後は、重要な経歴がものを言ってすぐに良縁を得たらしいのです。もしかしたら、フェリーチェと同じく、養成所？　で学んだのかもしれませんね（笑）。

ヴィンフリートは、とても情に熱いヒーローです。千年後に巡り合える運命をひたむきに待っていたのでしょう。でも、自分でも言っているとおり性技は濃厚派です。そんなヴィン様にフェリーチェは翻弄されっぱなしですが、このお話を書いていてとてもフェリーチェに感情移入してしまったので、皆様も楽しんでいただければ嬉しいです。

また、原稿の段階ではさらにねちっこくて長かったエロシーンに我慢強く（笑）お付き合いくださった編集者様、スタッフの皆様、ありがとうございます。そして、素晴らしい世界観を作りあげて下さり、本書をとても耽美な表紙や挿絵で美しく彩って下さいました石田先生に心からの感謝を申し上げます。夢が叶って嬉しいです！　また、石田先生のご厚意で巻末にキャラデザインも掲載させて頂くことができました！　素敵なキャラデザをぜひ、ご堪能ください。そしていつも応援して下さり温かい言葉をかけてくださる執筆仲間の皆様、読者の皆様に心からの感謝を捧げます。

皆さんがいなかったらここまで頑張れませんでした。また、本書をお手に取っていただいた皆様にも、またどこかで巡り合うことができますように！

月乃ひかり

□イラスト設定画□

石田恵美先生が描いてくださった、フェリーチェ＆ヴィンフリートのキャラデザインです。フェリーチェの衣裳が超セクシー。ヴィン様の軍服姿は雄々しすぎます！

フェリーチェ

ヴィンフリート

★著者・イラストレーターへのファンレターやプレゼントにつきまして★
著者・イラストレーターへのファンレターやプレゼントは、下記の住所にお送りください。いただいたお手紙やプレゼントは、できるだけ早く著作者にお送りしておりますが、状況によって時間が掛かる場合があります。生ものや賞味期限の短い食べ物をご送付いただきますとお届けできない場合がございますので、何卒ご理解ください。
送り先
〒160-0004　東京都新宿区四谷 3-14-1　UUR 四谷三丁目ビル２階
(株) パブリッシングリンク
ムーンドロップス 編集部
○○（著者・イラストレーターのお名前）様

軍神王の秘巫女
【超】絶倫な王の夜伽は激しすぎます！

２０１９年 ８ 月１７日　初版第一刷発行
２０１９年１０月２５日　初版第二刷発行

著……………………………………………… 月乃ひかり
画……………………………………………… 石田惠美
編集…………………………… 株式会社パブリッシングリンク
ブックデザイン……………………… 百足屋ユウコ＋モンマ蚕
（ムシカゴグラフィクス）
本文ＤＴＰ……………………………………… ＩＤＲ

発行人………………………………………… 後藤明信
発行……………………………………… 株式会社竹書房
〒 102-0072　東京都千代田区飯田橋２－７－３
電話　03-3264-1576（代表）
03-3234-6208（編集）
http://www.takeshobo.co.jp
印刷・製本……………………………… 中央精版印刷株式会社

ISBN978-4-8019-1978-5　C0193
Printed in JAPAN